U0134691

最難忘情

最難忘情

金耀基

OXFORD

UNIVERSITY PRESS

Oxford University Press is a department of the University of Oxford.
It furthers the University's objective of excellence in research, scholarship,
and education by publishing worldwide. Oxford is a registered trade mark of
Oxford University Press in the UK and in certain other countries

Published in Hong Kong by
Oxford University Press (China) Limited
39th Floor, One Kowloon, 1 Wang Yuen Street, Kowloon Bay,
Hong Kong

1 3 5 7 9 10 8 6 4 2

最難忘情
金耀基

ISBN: 978-019-098867-8

目　錄

蓋情之所在
豈止山水？
問情是何物
更在山水之外
故顏本書
最難忘情

千禧十九年己亥
金耀基

原　序

　　過去半個世紀裏，我寫了不算太少的文字，出過不算太少的書，但是，除了《劍橋語絲》與《海德堡語絲》是刻意寫的散文集外，其他的文字大都是社會學專業的學術論文。中國現代的學術論文是西潮東來之後出現的一種文體。說「理」、重「知」、去「我」，當然把「情」字更藏密不露了。一句話，學術論文處處突顯的是客觀性、科學性，這與古人「情理兼備」的議論文，處處突顯「我」的主體性迥然是兩種風貌。

　　《出師表》《報任少卿書》《原道》《師說》《朋黨論》《赤壁賦》那些「觀止」矣的議論文是古代的好散文。現代的學術論文，可以盛水不漏，可以精彩，卻絕不是散文，並且不能歸入文學之列。講到底，學術求真，文學求美，好散文必須是美文，唯文之美者始是好散文，而美之散文則應該是情理交融，有我，有主體性，且因文字之考究煥然成為「文章」。至於是否抒情，是否敘事，是否說理，實非散文之為散文的第一性。

　　這裏收集的長短不一的文字，有遊思，有悼懷，亦有因書、因人、因事之感與觸動捉筆者，是不是可稱散文，是不是可稱美文（美之散文），自己不能說，也不敢說，但決不是上面所說的學術論文。而這些文字若非出版社盛意

要為我出一散文集，真是「散」落不知去處了之「文」了。我能搜集回這些「文章」（也許只能說是「文字」），還真花了些時間，有一點是肯定的，我寫這些文章時，倒確是投注了不少的感情，從文章中，讀者應該看到「我」，應該感覺到「我」的存在，讀者與我「共在」，讀者與我的「共感」，是我出這個散文集的心願。

　　書名取自書中「最難忘情是山水」一文的前四字。蓋情之所，在豈止山水？問情是何物，更在山水之外，故顏本書《最難忘情》。

　　　　　　　　　　　二〇〇三年十二月於香港中文大學

新　序

　　二〇〇五年天津的百花文藝出版社為我出版了《最難忘情》的散文集，這是我三本語絲(劍橋、海德堡、敦煌)之外另一本散文書寫(還有一本是《有緣有幸同斯世》2017)。這本散文集斷市已多年了。月前牛津大學出版社的林道群兄表示牛津願意為《最難忘情》出增訂本，我欣然同意了。我是一向尊重道群兄的意見的。這是牛津為我出版的第十本書了。

　　這本二〇一九年《最難忘情》不是二〇〇五年原書的舊版新印，它是一個新的增訂本。牛津增訂本的內容與原書大有不同，在二十三篇文字中，有十四篇是新增的，原書中留下的只九篇。牛津的增訂本幾乎可說是一本新書。

　　我之所以不出一本用新書名的文集，而願意出《最難忘情》的增訂本，是因為我想保留原書的書名。《最難忘情》的原書名是取之於我《最難忘情是山水》一文的前四個字。這是為何呢？我在原書的序中說：「蓋情之所在，豈止山水？問世間情是何物，更在山水之外，故顏本書《最難忘情》。

　　在牛津版《最難忘情》的「增訂本」問世之際，我應對新、舊讀者作的一個交待。

二〇一九年五月二十三日

I

一代風華，千秋評說

宋美齡繪畫回顧展講詞

　　二○○三年十月二十三日宋美齡女士以一百零六高齡在紐約逝世，一夜之間，這位自我退隱了三十年的「中國永遠的第一夫人」又成為世界媒體的焦點，立刻又喚回了宋美齡女士在二十世紀的風華年代。毫無疑問，她是第一位，迄今仍是唯一的一位，在國際舞臺上展現了傑出才華與東方女性魅力的中國女士。

　　宋美齡的一生是傳奇的，她的傳奇性始於一九二七年她與蔣中正先生的傳奇性的世紀婚禮。不是這個「世紀婚禮」，蔣中正的命運，宋美齡的命運，乃至整個近代中國的命運都可能會不一樣。無論如何。宋美齡與蔣中正二人，不尋常地愛過，不尋常地生活過，生死相繫，不尋常地在一起打過一場抗日的聖戰，這在中華民族史上是充滿光輝的一頁。一點不誇張，宋美齡在二十世紀活得像一道彩虹。

　　香江文化交流中心的江素惠在蔣夫人去世不到一個星期，即展出了「世紀之愛 —— 蔣夫人宋美齡女士回顧展」，實在難能可貴。這個回顧展以宋美齡女士的畫作為

經，以蔣中正宋美齡攜手走過近半個世紀的愛情為緯。我們見到的確是百年一見的傳奇故事的精彩畫面。

宋美齡女士常被中外評論為中國二十世紀最具影響力與最富爭議性的女人。其實，二十世紀的中國政治是最複雜的，沒有或很少一個在政治大海中滑浪的政治人物可以沒有爭議性的，作為第一夫人的女性政治家就更難沒有爭議性了。我看這爭議性還會繼續。一代風華，千秋評說，宋美齡在政治上的爭議性不會因蓋棺而結束，不過，宋美齡女士的才華則是很少有爭議性的。她在一九四三年美國國會的演說可說是才華展露的巔峰之作。

宋美齡自幼受西方教育，她曾說：「我唯一屬於東方的是我的面孔」，但自她與蔣中正結縭後，她使蔣先生歸信了基督教，而蔣先生也使她走進中國政治、中國文化的世界。蔣宋美齡的繪畫展現的，除了她的東方面孔，更多了東方藝術的優美與雅致。蔣夫人的畫每每有蔣先生的題字，宋美齡的畫、蔣中正的字，可以說是婦唱夫隨，字畫輝映。字畫與人是不能分開的，歷史性的人物，字畫的價值也自然有了歷史性的價值。

二○○三年十月三十日

香港的女兒

悼謝婉雯醫師

「非典型肺炎」在香港爆發後，無數中大（香港中文大學）人在威院（威爾斯親王醫院）或其他醫院為了抗炎，前仆後繼，夜以繼日搶救病人，眼見一個個醫護人員陸續病倒，但無阻後繼者勇敢地站上前線，與疫症埋身搏鬥。我們的校友、謝婉雯醫生正是當中的佼佼者，她的英勇風範，俠骨仁心，牽動了香港人的感情，感動了香港。

謝婉雯醫師是香港中文大學聯合書院一九九二年的醫科畢業生，畢業後即投身懸壺濟世的行列，加入屯門醫院。當屯門醫院病房因「非典型肺炎」疫情而告急，謝校友自動請纓奮勇站上前線，照顧「非典型肺炎」病人。謝婉雯為了搶救非典病人，奮不顧己，恪盡醫生救病扶危的天職，以自己生命為醫生的專業倫理做了最佳的詮釋。中大為她感到光榮。

謝婉雯校友在搶救「非典型肺炎」病人期間而不幸殉職，香港人為此深切惋悼，中大人更為此感到心連心的難忍之痛。至今她留存下來的美好的回憶，英勇的事跡，一點一滴，永遠叫人懷念，謝婉雯校友是一位出色的醫

生，一位有情有義的女子，她有一個beautiful mind，一顆beautiful heart，她令香港更加美麗！

謝婉雯如此英年早逝，令人痛惜，但她活得精彩，死得榮耀，她是香港的驕傲，她是香港的女兒。

為了表彰她對醫療界所做的貢獻和英勇的表現，中大醫學院醫生會特別成立以謝婉雯校友命名之獎學金，我們希望獎學金能夠將謝婉雯竭誠助人的薪火代代相傳。

最後，我謹向謝婉雯校友的家人致上最深切的慰問，我和你們一樣，由始至終，深深以她為榮。

二○○三年三月八日在謝婉雯醫師悼念會上的講詞

宋代女詞家朱淑真

黃嫣梨《朱淑真及其作品》序

一

　　亞瑟・韋理(Arthur Waley)，這位西方中國文學的權威，曾說過唐宋之後中國沒有產生偉大女作家的話。他這個說法或不能列於稀奇古怪之論，但讀過李清照《漱玉詞》的人，多半會替易安抱屈。而我對黃嫣梨教授的《朱淑真及其作品》特別感到興趣，也因為淑真與易安都是宋代的著名女作家；明清學者多以「淑真易安，並稱雋才」，毛晉且把淑真的《斷腸詞》與易安的《漱玉詞》合刻印行。黃嫣梨女士對中國婦女文學的研究，用力甚勤，所得亦多，年前出版的《漢代婦女文學五家研究》，旁徵博引，稽索鉤沉，不止見其學力，亦顯出了她的識見。這部論朱淑真的文稿，則更覺得她的投入，深深進到女主人翁的內心世界，寫來越見細致舒放，大有可觀。

　　朱淑真沒有李清照幸運，這不僅是她沒有像李清照那樣有一位風味相投，情深意篤的夫婿，更是她的身世撲朔迷離，載籍難考，作品亦因父母「一火焚之」，所存不全

了。當時臨安王唐佐為她作的傳早已亡佚，以致朱淑真的時代籍貫，都無定讞，北宋人耶？南宋人耶？固有不同說法。錢塘人？抑是海寧人？也各執一詞。至於家世，有說是朱熹的侄女，有說是出身普通民家，不一而足。說到她的婚姻；其夫「村鄙可厭」，大概沒有疑問，但其夫究竟是不是市井細民，則又不無可疑。當然，講到女主人翁的愛情生活時，由於她詩詞中關涉到貞與不貞或有無「公然走私的愛情」（借用錢鍾書語）問題時，就變得非常複雜了。此事竟連《生查子·元夕》一詞，為歐陽修或朱淑真所作也成疑雲一團。最妙的是此詞之是否為淑真所作，在有些道學家眼中，幾乎是淑真有無愛情走私的重要證據。總之。要了解朱淑真其人及其作品，就不能不碰到這一連串的疑問與問題。

黃嫣梨教授的研究，一開始便用了大量篇幅，逐一對上面這些疑問與問題加以考證、剖析，並一一予以判定。她是讀歷史的，也是攻文學的，這兩方面的訓練使她能有力地掌握與運用史料，把淑貞的身世一一弄個水落石出，更能從女主人翁的全部（所遺在世的）作品的風格、內涵去印證、奧援歷史的考詮。她在資料搜集上做到了傅斯年所說：「上窮碧落下黃泉，動手動腳找東西」的工夫，而她在考證上則信奉胡適所講的「大膽假設，小心求證」的態度。在解疑斷難的關節上，她固然緊跟資料立論，但也不吝嗇地運用推理、聯想、移情來建構女主人翁的身世與心

理世界。特別要提出來的是，生於二十世紀九十年代的嫣梨，當然已完全跳出了封建道學的意識框框，所以不再為「貞」與「不貞」的考量而有意無意地去遮掩淑真的原有面目，而直接歸原到主人翁的女兒家心態。朱淑真婚前有無戀人？有。嫁人之後有無婚外情？有。這是黃嫣梨的研究結論，但她認為淑真所展露的是人間之「至情」，不應減少一分我們對幽棲居士其人其作品的欣賞與敬重。她寫道：

> 我們今日對朱淑真的研究，秉取的是「論世知人」的態度，並不需要任何諱言，假借「道學」的規範去曲解事實。封建的社會與迂腐的思想不應存在，我們今日所尊重的是真摯的感情與崇高的心態。男女愛慕，情真意誠，是人間的「至情」，絕不應有「貞」與「不貞」的迂見。朱淑真生於禮教森嚴，封建思想濃厚的社會中，卻能大膽強烈的追求誠摯的愛情，實在令人敬佩之至。她的思想可說已走向時代之先了。

這段話寫得何其淋漓痛快，黃嫣梨在為淑真求公道時，直是一位辯言滔滔的大律師，她為淑真辯，也為所有在封建禮教下受不平的女子辯。

二

　　作品與作者的關係是極密切的。知其人，自然有助於
對作品的理解，但作品仍然是有獨立生命的。朱淑真之傳
世者是她的作品。我們對女主人翁之最大興趣也是她的作
品，事實上，黃嫣梨的朱淑真造像主要也是通過像主的作
品來描刻的。嫣梨女士所花筆墨最多，用心最深的都在淑
真的作品上。她用三個專章分析了淑真的詩、詞及其他詩
文與藝術創作。這位自號「幽棲居士」的女主人翁的作品
自然是她的《斷腸集》。《斷腸集》是魏仲恭整輯的淑真
的詩詞。「斷腸」這個觸目淒怨的名稱不是淑真自取的，
而是魏仲恭命名的。這個名稱顯然是因為淑真的詩詞，不
但用了不少斷腸的字眼，如「梨花細雨黃昏後，不是愁
人也斷腸」（《恨春》）；「魂飛何處臨風笛，腸斷誰家搗
夜砧？」（《長宵》）；「逢春觸處須縈恨，對景無時不斷
腸」（《傷別》），而大部分作品，雖無斷腸二字，亦有斷
腸之意。黃嫣梨説：

　　綜現《斷腸集》，可見朱淑真極度不滿意自己的生活處
　　境，卻又無法擺脱這個現實，所以，她的一生都陷在痛
　　苦的深淵裏，不能自拔。不管山河多麼嬌美，而她的感
　　受卻是「對景無時不斷腸」（《傷別》）的。因此，魏仲
　　恭輯其詩詞，名為《斷腸》，實是十分恰當。

淑真的悲劇根由是她在父母的命令下嫁了個與她性格不合、無法分享情趣與生命境界的丈夫。這樣的命運在舊社會是極難改變的，因此，我們的女主人翁把一切怨悱都化為篇篇詩詞，且看：「鷗鷺鴛鴦作一池，須知羽翼不相宜，東君不與花為主，何似休生連理枝」（《秋懷》）。可見夫妻的距離多麼大！由於彼此沒有共同語言，便有「共誰裁剪人新詩？」、「與誰江上共詩裁？」（《舟行即事》）的滿腔幽怨，甚至唱出「始知伶俐不如癡」這樣悲絕憤世的句子來！朱淑真一生的抒情詩詞，前後有不同的情調和境界，黃嫣梨對這些作品的詮釋做得十分細致，她把淑真的愛情詩分為少女時代、婚後及後期三個階段。少女時期，吟月賞花，賦詩撫琴，過的是天真爛漫的生活，但由於性格上的多情善感，所以有《書窗即事》這樣的詩：

　　　一陣挫花雨，高低飛落紅，

　　　榆錢空萬疊，買不住春風。

這多少有些「少年不識愁滋味，為賦新詞強說愁」的味道，但到了婚後，生活經驗丕然大變，詩的風格也明顯改變了，如《悶懷》一首：

　　　秋雨沉沉滴夜長，夢難成處轉淒涼，

　　　芭蕉葉上梧桐裏，點點聲聲有斷腸。

這類愁怨傷感之作成為《斷腸集》的主要部分。到了後期，嘗盡了情感創傷與苦戀別離滋味之後，淑真的心境又有變化；如《書王庵道姑壁》：

短短牆闈小小亭，半簾疏玉響泠泠，
塵飛不到人長靜，一篆爐煙兩卷經。

這就到了「如今識盡愁滋味，卻道天涼好個秋」的境地了。黃嫣梨說得好：「綜觀她三期抒情詩作，由明快爽朗轉入淒風苦調而至無可奈何而安之苦命的蒼涼感嘆。」

朱淑真的《斷腸詞》，固然主要是戀情之作，黃嫣梨則又能就其內容與意念，把戀情詞分為「思戀」、「失戀」、「歡戀」三種境界。這又是她能入于淑真的內心世界，捕捉到淑真的女兒家心態。她舉出的「思戀」詞，如《謁金門》：

春已半，觸目此情無限。十二闌干閒倚遍，愁來天不管。好是風和日暖，輸與鶯鶯燕燕。滿院落花簾不捲，斷腸芳草遠。

「失戀」詞的佳作，如《江城子》：

斜風細雨作春寒，對尊前，憶前歡。曾把梨花，寂寞淚
闌干。芳草斷煙南浦路，和別淚，看青山。昨宵結得夢
因緣，水雲間，悄無言。爭奈醒來，愁恨又依然。輾轉
衾裯空懊惱，天易見，見伊難。

至於「歡戀」之作，黃嫣梨舉出了《清平樂・夏日遊湖》
來：

惱煙撩露，留我須臾住，攜手藕花湖上路，一霎黃梅細
雨。嬌癡不怕人猜，和衣睡倒人懷。最是分攜時候，歸
來懶傍妝台。

這樣大膽奔放的句子，道學家當然要皺眉頭了，較之易安
「眼波才動被人猜」的含蓄，真是「現代」之至了。我們
可以想像，淑真遭父母焚毀的詩詞，大概最多的便是這類
「歡戀」之作了。黃嫣梨論淑真的愛情詩說：「愛情詩
篇，在歷代婦女的著作中雖然比比皆是，但能夠不避禮
教，不畏人言，直抒胸臆的作品卻不多見。朱淑真的愛情
詩，便是這類難得作品中的代表之作，其中所表現的對愛
情的渴求及奉獻，是大膽而勇敢的。」當然，這些評語也
同樣適用於淑真的戀情詞上。

三

　　《斷腸集》作者之傳誦後世，堪為人稱許，也最引起
衛道者爭論的，固然是其愛情的詩詞，但黃嫣梨指出，淑
真之詩作內容遠遠軼出閨閣怨情之外，除愛情詩外，有詠
物詩、時令詩、題詠詩，更有詠史詩、農事詩，充分顯示
幽棲居士是一位志趣廓大，有多方面才華的作家，並非一
般所謂才女可比。黃嫣梨似乎特別欣賞淑真的農事詩，如
《苦熱聞田夫語有感》：

　　　日輪推火燒長空，正是六月三伏中。
　　　旱雲萬疊赤不雨，地裂河枯塵起風。
　　　農憂田畝死禾黍，車水救田無暫處。
　　　日長飢渴喉嚨焦，汗血勤勞誰與語？
　　　插播耕耘功已足，尚愁秋晚無成熟。
　　　雲霓不至空自忙，恨不抬頭向天哭。
　　　寄語豪家輕薄兒，綸巾羽扇將何為！
　　　田中青稻半黃槁，安坐高堂知不知？

黃嫣梨評點此詩說：「這首詩真是一字一淚，田家楚痛，
淒然在目。結尾四句對於豪門權貴紈綺子弟的斥責，直以棒
喝，痛快淋漓。」誠然，這樣的詩確是洗盡閨閣脂粉氣，與
自傷身世、哀怨無奈的女兒家心態迥非同一境界了。

韋理說唐宋之後無偉大的女作家，這話站不站得住要看偉大二字的界定，籠統地講，並無太大意義。不容諱言，在二十世紀之前，中國婦女以文學鳴世者確不多，這自然與重男輕女的傳統社會之性格及女子無才便是德的價值觀有關。陳寅恪在論陳端生的《再生緣》時便對此深有感嘆。有宋一代，李清照蕙質蘭心，生前文名已著，晚近以來，對易安之研究，多不勝舉，而推崇越來越高，卓然大家矣，但朱淑真不僅評價上，自《白雨齋詞話》作者陳廷焯評其詞「骨韻不高」，次於易安後，已成一般公論，而研究幽棲居士者，寥寥可數。黃嫣梨教授寢饋詩詞有年，受業於羅忼烈先生，在中國婦女文學家中，對朱淑真最為醉心，她這個文稿可說是歷來對幽棲居士其人、其作品之研究最完整、最有系統性的。她在這個十六萬字的文稿結尾中說：

　　要而論之，朱淑真是一個把生活經驗融會在詩詞裏的真實作家，她以優秀的才華，豐富的情感、把她的遭遇與心聲，發為詩詞，淒愴婉約，在我國的女文學作家中，她是卓特而具有代表的一位。時至今日，我們讀她的創作，想見她的身世，對於這位女詩人、女詞人，除了同情她的《斷腸》情懷。讚賞她的橫溢天才外，還要探隱索微，持公論正，給予她在我國文壇上應得的地位與評價。

不論同不同意她對朱淑真的詮釋與評斷，我們不能不欣賞嫣梨教授這份投入、執著的精神，淑真地下有知，寂寂千載，必引為知己。

一九九一年四月十六日

范仲淹

中國人格世界的一個範型

　　「先天下之憂而憂，後天下之樂而樂」是范仲淹在《岳陽樓記》中千古留傳的名句。這兩句話上承孟子的「樂以天下，憂以天下」，下接顧炎武的「天下興亡，匹夫有責」，構成了中國文化人格世界的特有風節。

　　中國文化繁富豐美，但中國文化之精髓則是在造成了中國特有的人格世界。中國文化之異於西方文化者，說到根本處，乃是中西文化造成了個別的人格範型。中國的人格範型正顯示了中國人所嚮往之文化精神與理想。唐君毅先生有一段話說得十分深透：

　　中國社會文化生活與中國藝術，中國文學固可表現中國人生，然中國社會文化中所表現之中國人生乃平面的，現實的，中國文學藝術中，所表現之中國人生，則多隻為欣賞的，想像的，或內在於心靈境界中的。真能在具體現實之世界而表現中國人所嚮往之人生理想者，仍當求之於中國歷史中，實際上曾出現，而為人所崇敬之人格。唯由中國社會所崇敬之人格，可見中國人生之「理

想的超越性，與現實的存在性之結合」，而顯示中國主人生之真實價值意義所在。

范仲淹《岳陽樓記》的名句，不是文學家的筆墨功夫，而是一實實在在生活在中國歷史社會中的宋代儒臣，發自內心的一個心理境界。這是浸淫於聖賢之道，自然流露的康濟天下，以百姓之禍福為念的心理境界。范仲淹生時知交富弼論范仲淹時說「公為學好明經術，每道聖賢事業，輒跋聳勉慕，皆欲行之於己……作文章猶以傳道名世，不為空文」，「坦坦一心，惟道之踐」。此所謂道，即是孔孟之道，所謂聖賢事業，即是儒家之文化理想，而范仲淹就是這個道，這個文化理想的肉身載體。的的確確，後世中國的讀書人無有不因范仲淹的人格感召而知所惕勵奮發的，范仲淹成為了中國人格世界的一個範型。他與諸葛亮、岳飛、關雲長、文天祥這些人物範型構成了中國文化特有的人格世界。

范仲淹幼孤無依，零丁自生，全憑一己希聖希賢的向上之念，苦讀成名。他之進入仕途，完全是循窮則獨善其身，達則兼善天下的中國文化之理念而行的，在傳統中國，要做到「治國平天下」，要做到「安百姓」的事業就不能不進入廟堂之上，范仲淹有志氣，又有才能，不止精於文，又嫻於武，是出將入相的大臣，終其六十四年的一生，不論處境之為窮為達，真正做到「不以富貴屈其

身，不以貧賤移其心」，宋仁宗讚他「其於富貴，貧賤，毀譽，歡戚，不一動其心」：范仲淹立功、立德，一時無兩，試舉其犖犖大者言之。他在防禦西夏上，「名重一時」，與韓琦同為名將，邊上謠云：「軍中有一韓，西賊聞之心膽寒；軍中有一范，西賊聞之驚破膽」，而歷州興利，則「遺德在民」，澤愛常存。范仲淹死後，諡文正，這是作為一個臣子所能得到的最高榮譽。仁宗還為范文正公親篆其碑曰「褒賢之碑」，敕賜西京褒賢顯忠禪寺，蘇州天平山白雲禪寺，永燃文正香火，賜忠烈廟額。而延（今陝西延安）慶（今甘肅慶陽縣）二州之民與羌屬皆畫像立生祠。其實范文正公千百年來都一直活在中國人的心中。他已成為中國人歷史記憶的一部分。

在中國歷史上，范文正公是用真實生命演繹聖賢之道的最佳範型之一，他常言「涉道素域」而自謙自勵，他做的學問是「為己之學」，特別著意於「積學於書，得道於心」，故而在做人做官上，無不以孔孟之文化理想為標準，言行一致，理論與實踐結合為一。此所以宋代大儒朱熹讚他「終始如青天白日，無絲毫之可議」，又說范文正「心量之廣大高明，可為百世之師表」。出自朱夫子這樣的無以過之的讚譽，不能不說文正公范仲淹是中國人格世界的一個範型了。

藝都巴黎

楊允達《巴黎夢華錄》序

巴黎有西方的北京之稱。自中古以來，她就是歐洲的學術重鎮，一百多年來，她更享有藝術之都的雅號。世界大都會，如倫敦、紐約、東京……各有風姿，互有特色，但講浪漫的情調卻不能不數巴黎；講都市結構之美也不能不數巴黎。巴黎有一份難以抗拒的嫵媚。儘管一七八九年的大革命充滿鮮血、斷頭臺和原始男性的嘶吼，但法蘭西總給人一種女性美的聯想。

一九七五年，我與家人曾從劍橋到巴黎小遊。時值隆冬，冷氣逼人，唯盧浮宮蒙娜麗莎的微笑，聖母大教堂的詩音和燭光，已讓我忘卻料峭的寒意，而正午時分，坐在香舍麗榭大道露天咖啡座上，更是另一番趣致：那邊是凱旋門，剛健壯麗，這邊是美女婀娜，一路風情。美景當前，還未喝盡手上的小杯，老友允達已暗示該去欣賞羅丹的雕刻了。在巴黎耽了一星期，馬不停蹄地從這裏到那裏，蜻蜓點水，淺嘗即止，實無法捕捉到藝都的全貌，更談不上領會她的神情了。多虧允達的講解，使我總算認識了這個風姿綽約的藝都的一鱗半爪。當然，要想真正體會

巴黎的美，還得像允達那樣，住得夠久，浸得夠深，更要懂她的語言。離開巴黎的時候，我跟允達說：「公務之暇，不妨寫些藝都的小品，娛己娛人，機會難得，別辜負了。」

去年歲末，允達自法返臺，特地在香江小留，跟幾位老朋友歡聚。近年結識的董橋兄和我在允達抵港當晚一起去旅舍相晤，舊雨新知，把杯傾談，古今上下之餘，話題不覺轉到我們三人都鍾意的巴黎。允達說着便從手提箱中取出剪報一冊。「耀基，我居法十數年，寫了些文章，此次返國前，做了一番整理，居然書稿盈筐，可以出四本書。這冊是《法蘭西走馬集》，你一定得替它寫一篇序。」我最怕寫序，但允達是成功中學、臺灣大學、政大研究所的三度同窗，前後達三分之一世紀長的老友，即使怕寫也不得不從命，更何況我也是曾慫恿他寫文章的人？！

允達的文才，在成功中學時已顯露，他的文跟他的字一樣，清麗流暢，落筆即可定稿，他是我所識友朋中一枝出色的「快筆」。我當年勸他寫些藝都的小品，他一寫就是四本，不止寫巴黎，而且寫「法蘭西」，公餘之筆，有此成績，非「快筆」莫辦也。

這本《法蘭西走馬集》包羅雖非萬象，卻也是眾味紛陳，內容豐贍。允達是名記者，著墨點染，處處顯出他新聞眼的敏銳，他寫《地下購物中心》、《蓬皮杜文化中

心〉、《戴高樂機場》；報道《人類冷凍胚胎》、《斷頭台》和《路德朝聖行》，不啻讓我們一一遊歷了巴黎的著名新建築；也讓我們見識到法蘭西的舊事新物。

允達的「走馬集」，實則也可說是「飛馬集」。他不但走馬到西班牙的馬德里(見《在馬德里》度假)，還飛馬到新大陸的美國。從巴黎飛波士頓，又從波士頓飛紐約，又從紐約飛華盛頓。馬到筆也到，我們一路跟他遨遊，也一路跟他訪友。允達是喜歡交朋友的人，他也喜歡把他的朋友介紹給他朋友的朋友的朋友！

《巴黎的白色病室》和《高空亂流餘生記》二文中，我們的主人翁記述了他在巴黎一家醫院中割盲腸和二十餘年前澎湖上空死裏逃生的驚險往事，我不知讀者看了的反應如何，但作為這位主人翁的朋友，確為他的生死一髮，緊張了好一陣子。

《難以忘懷的惜別宴 —— 記朱德群教授在巴黎歡宴林風眠大師》、《看畢加索回顧展》和《看塞尚晚年的作品》，這三篇文章，令人不禁羨慕住在藝都的允達。有哪個地方可以那麼容易接觸到像林風眠這樣藝術大師的風采？可以看到像畢加索、塞尚這樣畫壇宗匠的大規模的遺作展覽？熟讀唐詩三百首，不會吟詩也會吟，在藝都耳聞目染，久而久之，不懂繪畫的也會養成藝術的眼光。允達素來就有很好的藝術修養，這些年來，他的藝術品位越來

越高了，而他筆下介紹的畫與畫人，更是頭頭是道、娓娓動聽。

為了寫這本書的序，就有「義務」看完這本書，我看這些書稿時卻有一種「先睹為快」的「權利感」。不過，當我看到《法國的新聞自由》和《國際採訪甘苦讀》二文時，就真是在盡「義務」，暗暗叫苦不已。原以為這是本輕鬆的小品，哪知竟然加入了這兩篇大塊文章。論文章本身，誠然有價值之至，並且真正露出了作者名記者的當行本色。對於從事新聞工作的後進，當然是「善莫大焉」。但看這本集子的讀者中畢竟很少想在新聞事業上修正果的呀！對允達把這兩篇文章放到這本集子來的做法，我覺得有「權利」，也有「義務」做輕微的抗議。

就我個人的喜好，和原初對此書的期待來說，我最愛讀《法國香水》、《葡萄美酒》、《露天咖啡座》這幾篇。香水、醇酒、美人，就是藝都的代名詞，也是法蘭西女性美的表徵。道學先生大可不必去巴黎，不講生活情趣的也大可不必去法蘭西。我們的主人翁總算沒有辜負風情萬千的藝都。他未寫美人，至少也寫了美酒。酒之道大矣，深矣。允達寫得真不含糊，讀者不妨細細咀嚼下面寫紅酒的一段話：

> 品嘗這第一杯酒時，正確的姿態是：首先需正襟危坐，集中注意力，深吸一口氣，然後以優美的姿態舉杯，淺

飲半口，含在嘴內兩秒鐘，再徐徐盡進肚內，默數七下，如果味道醇正，則點頭稱讚一聲：「好酒！」這時，侍者捧瓶得到讚許以後，一方面認為已經遇到真正的主顧，一方面小心翼翼地為客人的酒杯一一倒酒，非常賣勁。如果，品嘗之後，發現味道酸苦，則立即皺眉頭，低語：「太差！」這時，侍者就會俯首道歉，馬上轉身為你再開一瓶，務必使您滿意。

這段話，千萬別小看，沒有十幾年浸在巴黎酒的文化中的功夫，怕是寫不出來的！

一九八四年三月於香港

高錕的笑容

科學與教育的卓越貢獻

十月六日下午五時許，我在火車上，手機傳來高錕獲得二○○九年諾貝爾物理學獎的消息，這給我一個很大的驚喜。我暗暗為這位遠在萬里外的老朋友高興。

上世紀末，特別是一九九六年他榮獲「日本國際獎」（「日本國際賞」）後，我一直認為高錕校長應該並且會獲得諾貝爾獎的。

但進入二十一世紀後，我與Charles（中大同事都是這樣稱呼高錕校長的）的朋友都不再這樣想了。我問過物理學界的人，都說高錕的光纖發明貢獻巨大，但諾貝爾獎鮮有表彰應用科舉成就的。Charles已獲得所有表彰科技貢獻的大獎，我看他似乎也不在意諾貝爾獎了。

十月七日上午，我在電話中向高錕伉儷祝賀（當然，六日晚就要打電話去，但他們怕太多電話，電話已擱鎖，這是由高夫人Gwen打過來的），還告訴Gwen下午中大在工程學院有一個慶祝酒會，劉遵義、楊振寧、姚淇清、楊綱凱等幾位教授都會出席。Gwen很高興，要Charles跟我直接講話。Charles很平靜，但語調是愉快的，我

相信他是「知道」諾獎的事的。Gwen說，Charles講話incoherentent，對諾獎事一時清楚，一時又不清楚。她說當她在電視上看到瑞典皇家科學委員會宣佈諾貝爾物理學獎時，Charles在身邊，她說諾貝爾獎是一個很大榮譽呀，Charles只漫然應之，她提高聲調說：「這是頒給你的！」Charles就說：「哦！很好呀。」Gwen說：「（諾獎）早一兩年就好囉。」是的，這次諾獎頒給高錕校長，距他一九六六年發表的論文已四十三年之久，從二十世紀到二十一世紀，這真是「遲來的榮譽」，不過，從Gwen的興奮中，我覺得這還算是來得不太遲的驚喜！

　　一九六六年，高錕發表了一篇論文，提出一個想法，認為一種石英基玻璃纖維可以進行長距離訊息的傳遞，這是光通訊科技上「異想天開」的新思維。從一九六〇年開始，他在國際電話電報子公司旗下的標準電訊研究實驗所，從事一個科學新課題的探索，這個新課題是如何用光來通訊，他的設想與當時的學術界的信息傳送研究以微波為主不同。他認為用光傳送，可以比微波的傳送量增加一萬倍。用光傳訊不是將光由A點射到B點就可以，關鍵是要找出一種導體，以保持和保證光從A點到B點時不會受到任何阻礙。第一個大難題是有沒有足夠透明的東西可以完成這項任務？所以，他的首要工作就是找出這種傳送光所用的導體。六年後，高錕論文中提出的石英基玻璃纖維就是他找到的傳送光用的導體，簡稱就是光纖（光

導纖維）。論文發表後，很少人對此有反應，有的也只視為「癡人說夢」，只有英國郵政部的一個總裁認為他的設想，很有可能實現，並撥出經費支援他的研究。這樣才使高錕能把光通訊的實驗與研究繼續到底。一九七二年一家美國公司製成了首條一公里長的光纖，十年後（一九八二年）光纖的第一個商業性系統在英美試用，再十年（一九九二年），光纖就有了大規模的生產與世界性的應用，促成了資訊高速公路在全球迅猛發展，為人類「資訊時代」打開大門。瑞典皇家科學院指高錕的光纖的發明是「形塑今日網絡社會基礎的科學成就」，又說現時全球光纖十億公里長，可圍繞地球二萬五千周，「文字、音樂、照片和錄像，不足一秒可傳遞全球」。

高錕虛懷若谷，但亦十分有自信。他充分理解光纖對人類世界的重要性。二〇〇二年，《明報月刊》的訪問中，他很自信的表示，光纖通訊的研究「可以開闢一個全新的世界」。更有意思的是，他說光纖的發明，「就像印刷術的發明」。

十月七日下午在香港中文大學校園舉辦的慶祝酒會中，我說高錕校長光纖悉無纖的發明是一項偉大的發明，中國過去有印刷術、火藥、指南針三大發明。高錕的光纖可以說是中國人的第四大發明。

光纖的發明是高錕教授在科學上的貢獻，他的另一個貢獻則在高等教育。其教育事業源自與香港中文大學的結

緣。一九七〇年他應中大創校校長李卓敏博士之禮聘，出任當時理學院的電子學系「研究教授」(Reader)及系主任。高錕過去在英、美、德電訊工程機構及研究實驗室，都是擔任首席研究工程師等職。在大學擔任專任教職，這是第一次。在中大四年間，他對發展電子學課程不遺餘力，電子學系蔚然有成，他也成為中大首任電子學系講座教授。在這段時間裏，他忙於教學與學術行政，但從沒有放下研究，暑假還趕到英美的實驗室繼續跟進。他對光纖的研究真是不離不棄。一九七五年，高錕離開中大重返英國與美國，專注於科研。從一九七六到一九八五年，他幾乎年年都獲得榮譽大獎，包括蘭克獎、摩里斯·H·利柏曼紀念獎、L·M·艾力松國際獎、馬可尼國際科學家獎，以及美國電機及電子工程師學會的亞歷山大·格林姆·貝爾獎章等。一九八五年，中大為表揚高錕教授在研究光導纖維通訊方面的重大成就，頒發榮譽理學博士學位給他。兩年後(一九八七年)，中大聘請高錕教授為中文大學校長，他就任中大第三任校長時，已擁有了「光纖之父」的榮號。

高錕校長上任後，在致全校師生的第一封公開信中清楚列出中大的使命：

在未來幾年的關鍵年月裏，大學的目標和發展方向是很明顯的。香港中文大學是一所中、英雙語並重的綜合大

學，這所大學的使命是：一、不斷培養更多達到世界一流水準的大學畢業生及研究生；二、成為香港的一個知識力量泉源，為社會服務；以及三、為香港創造有利條件，培育人才並促進工商業的發展。

我看了他的公開信，很認同他對中大的期待與願景，並為中大深慶得人。高校長曾是中大的教師，我與他有四年的同事之誼，但我們從未見過面，那時彼此在不同的校園，屬於不同的學院與書院。與高錕認識是他當了中大校長的時候，當然真正相知是一九八九年承他相邀擔任副校長之後的事。高校長十分理解學術研究、創新知識與培育人才是中大作為一所研究型大學的基本任務，他也充分認識並強烈厭覺到要為香港創造條件，促進工商業發展。事實上，他個人在校務以外，樂於接受政府或工商界之邀約，為香港，特別是科研發展方面，出謀獻策。

我想指出，高錕擔任中大校長的九年(一九八七——一九九六)，正是香港主權回歸的「過渡」時期，這段年月，沸沸揚揚，但香港主權回歸的事對他主持中大的積極態度沒有絲毫影響。他認為香港主權的回歸是必然，也是應然的事。八九年他對中大的治理結構做了全面的革新與重組，也就在這一年，北京發生了震驚世界的「八九民運」，對香港產生了很大的衝擊，所幸高校長在中大的

發展計劃都能一一按日程推展無滯。其實，八十年代中以來，港人因對九七的憂慮，出現了人才(特別是香港本來就不多的大學畢業生)外移現象。八九民運悲劇發生後，人才外移勢頭更見加劇，在這一情勢下，香港的大學教育的擴展與赤鱲角機場的建造就成為港府為香港穩定民心、打造未來的兩大動力。中大在高校長領導下掌握了這個新發展的機遇，因而在量與質上得到了大步擴展與上升。從一九八七到一九九六年，中大的學生人數由七千餘增至一萬三千多名。教職員人數由二千五百零六增至四千一百零九名。具體說，在高錕校長任內，將「四年制」改為靈活學分制，使中大更加吸引了香港的中七畢業生，並增建了工程學院和教育學院，使中大成為有七個學院的綜合性大學，其間又增設了第四間書院(逸夫書院)，進一步強化了中大為香港唯一書院制大學的特性。在學術研究領域，成立了香港生物科技研究所、亞太工商研究所、香港亞太研究所、香港癌症研究所、人文學科研究所、香港教育研究所及數學研究所等。再者，重組研究委員會，實施校內研究評核，以支援學術研究，獎勵卓越表現。在大學行政方面，也做了多方面的重組整合，還成立了多個新部門，如學術交流處、校友事務處、研究事務處等。在校園電腦化方面，圖書館、學術及行政部門的局域網絡接駁至校園基幹網絡，通過基幹網絡可連接到世界各地系統。簡單說，在近十年間，中大在原有的良好基礎上，日益壯大，中大

成為在香港、在亞洲一所有規模、有格調、有學術質量、有國際聲譽的大學。

在我印象中，高錕校長用得最多兩個詞是「創新」與「卓越」，他不止一次跟我表示中大有很多人才（當然包括任內招聘的大批人才）他認為他的最重要角色是為有才的人創造空間，讓有才的人能夠充分發揮，他也覺得在九年校長任內，確實為中大的有才能的人創造了「人盡其才」的空間。在他退休後的一次訪問中，他表示最有滿足感的是中大已經有了一種學術氛圍，這種氛圍只能在最優秀的大學中才能找到。他說：「我們真正是在建造可以與世界上最好大學競爭的大學。」

誠然，在中大發展的歷史中，高錕校長為中大做了關鍵的階段的重要貢獻，今天中大在世界大學之林中已居於前沿的位置，真正可以說是一 World's Local University，是一香港的大學，也是世界的大學。無疑，高錕九年的校長工作是功不可沒的。

高錕在高等教育與科學上的貢獻都是卓越的。

Charles是在雙文化環境中成長的，平時習慣上都用英語，我與他交談時大都用普通話，偶爾也會說上海話，他與學生講話常用他不算最流暢的廣東話，他一再表示中大教學必須中英並重，他期許中大學生要有良好的中、英雙語能力。Charles是中國人，也是世界人（他有英、美兩個國籍）。他關心香港，中國，但他的視域和胸襟是世界的。

有一特點我想許多人都會發現，高錕的臉上永遠帶着一副笑容，是那種極自然、令人感到親切舒服的笑容。那是高錕特有的笑容。我不知這是西方的還是東方的，但我知道他謙虛寬厚的襟懷主要是來自中國文化的薰陶。他自幼讀過四書五經，並承認孔夫子對他有影響，他特別認同傳統中國文化待人寬厚的精神。Charles對己對人都有很高的要求與期待，但他對人寬厚、容忍是超級的，有同事跟我說，他從未見過高校長生氣，問我高校長是否從不會生氣？說真的，在香港做大學校長，能不對有的事、有的人、有的現象不生氣？Charles的容忍量是超級的，但他是會生氣的！

　　我在高錕校長九年任內，擔任了七年副校長，很珍惜與這位中、西文化意義中的君子共事的歲月。他離任後，忙於辦學校，製陶瓷（他送我的一個陶罐，還真有藝術性），做諮詢工作，飛來飛去，我們相聚不多了。直到我從中大退休後，他約我每月至少餐聚一次，我們都感到退休生活的有趣可貴。從他口中，我知道有一段時間，星期日長者搭乘巴士只需港幣二元，我們都無車，巴士公司此舉對長者可說是禮遇呀！近一兩年，Charles患了老人癡呆症，但見到他時，他臉上還是帶着「高錕的笑容」，身子依然健好。約半年前，他去美國加州前，我與楊綱凱教授到跑馬地他的寓所看他，覺得他的記憶力是弱了些，但我們還是可以交談，雖然有時要靠Gwen在旁協助。臨別

時，Charles還堅持陪我們看他屋頂的小園，還要下樓帶我們到附近的大排檔看看，我與綱凱不讓他太勞累，堅持回送他上大樓的電梯，Gwen正等着他。見着他進了電梯，綱凱與我心情都有點沉重，但覺得他有Gwen照顧，加州陽光好，又有兒女在附近，對他是有幫助的。

這幾天在電視熒屏上多次看到高錕伉儷在加州寓所的訪問錄像，失憶的情形比半年前好像多了點，但健康還好，我熟悉的笑容依然。Gwen表示她會陪同高錕校長出席十二月瑞典首都諾貝爾獎頒獎盛典。我祝福這對結縭五十年的恩愛夫妻，在斯德哥爾摩的大廳中，全世界都會欣賞到「高錕的笑容」。

七十是另一次巔峰攀登的開始

我看數學家丘成桐

第一次見到丘成桐教授應該是在上世紀八十年代！丘成桐在一九八二年榮獲費爾茲獎（Fields Medal），時年三十三歲，他曾在香港中文大學讀了三年書，後為數學大師陳省身等教授推薦直接入加州柏克萊攻讀博士，三年學成，那年才二十二歲！當他載譽返母校講學時，受到英雄式的歡迎，更多的是一絲師友親切的溫情。丘成桐給我的印象是身材魁梧，英挺俊發。直言快語，有北國燕趙男子氣慨。他的普通話才透露出他是嶺南才俊。

八十年代後，中國進入改革開放的歷史新運會。丘教授為了推展、增高兩岸三地的數學教育，定期舉辦「華人數學家大會」，並協助推動數學科學的研究，因此多有東方之行。而每次東方之行，都會回到香港中大，中大畢竟是他萌發數學才華之地。他對中大的數學教研也最肯投入、加持。他也接受了中大特聘教授的榮銜。我擔任中大副校長及校長任內，在丘成桐大力支持籌建中人數學科學研究所的過程中，與他有多次接觸，對他做人做事，嚴謹、自信、執著極富個人性的風格，頗有體會。

多年來，我與丘成桐教授交往有不少愉快的經驗，但坦白說，在道術分裂，學術日趨專化的今日，我對他的數學工作與傑出成就卻不甚了了。二○一二年，我退休已近八年，丘成桐送我一本新著，*The Shape of Inner Space*，此書合作者是科普專家史蒂夫‧納迪斯(Steven J. Nadis)，文筆優美，深入淺出，與布萊恩‧葛林(Brian Greene)的《優雅的宇宙》(*The Elegant Universe*)同稱科普傑構。後來，*The Shape of Inner Space*為翁秉仁、趙學信合譯為《丘成桐談空間的內在形狀》的中文本，同樣是文筆優美，深入淺出，同樣寫出了丘成桐的迷人巧思。對丘書中涉及數學與物理的專門問題，也只能霧裏看花，不求甚解。但談到丘成桐在求學和知識上攀峰探險的心路歷程，卻充滿驚喜與讚嘆。從此書，我才知道，丘成桐最早的重大發現便是解決了愛因斯坦重力理論中存在已久的一個難題。而他後來最重要的數學發現，即證明卡拉比(Calabi)猜想並從而建立有卡拉比與他合名的「卡拉比—丘空間」的結構，又已經被廣泛應用到粒子物理學中最前沿的「超弦理論」上去了。

弦論美妙神奇，在物理學的研究上，如日中天，但它迄今沒有經過與實驗的答辯過程。被譽為二十世紀最偉人的物理學家之一的楊振寧教授就懷疑弦論最終建立的可能是一空中樓閣(參見江才健著《規範與對稱之美：楊振寧傳》頁247)。丘成桐知道弦論迄無實驗的論證，但這沒有

阻止他尋求宇宙秩序的探索，他表示：「沒有實驗資料可以依循，能指引我們前進的或許唯有「數學之美」。這也許是他與天才型物理學家霍金(Stephen Hawking)最為投契相惜的緣故吧！當年他解決卡拉比猜想時，心中的感覺借宋詞表達：

　　落花人獨立
　　微雨燕雙飛

　　丘成桐是一位充滿詩情的數學家。他是科學與人文兼修雙美之人。他的人文修養在很大程度上應該足得之於他的父親丘鎮英教授，丘鎮英原是中大崇基學院的哲學教授，對中國古典文學有很高造詣。丘成桐與父親有深厚感情，幾年前，他為亡父出了一個文集他還請我為《丘鎮英文集》題署，這是我甚感榮幸之事，也因此我與丘氏二代中大人，更多了一個份理解與敬意。的確，丘成桐這位數學大家能寫一手優美的中國詩詞、對聯。我覺得，對於丘成桐，求真與求美是一而二，二而一的事。這使我想起十九世紀英國浪漫派詩人濟慈(John Keats)的傳世之作《希臘古甕之歌》

　　美是真，真是美，
　　你在世上就只知道這麼多，只這麼多也就夠了。

十一月初，我收到中大數學研究所的Lily Chan的短信，説今年是丘成桐七十虛歲生日，希望編寫一本小冊了《印象：丘成桐與他的數學世界》，邀請丘先生的同事與朋友撰寫文章。我收到Lily的信時，猛然驚覺時光如飛，丘成桐教授竟已是「古稀之年」了。我已有好些年未見到他了，但在報上仍不時讀到他直言快語的言談風采。我覺得他是始終對生命充滿熱情的人，為了追尋終極的真與美，在群峰起伏的崎嶇路上，他一直在永不言倦地攀登。

　　七十是他另一次巔峰攀登的開始。

二〇一八年十一月十五日

北美萍蹤

章開沅書序

　　章開沅先生之大名，我久有耳聞，他在中國近代史，特別是辛亥革命的研究上，聲名早著。二〇一一年馬國川主編《沒有皇帝的中國：辛亥百年訪談錄》一書，承國川君雅意，囑我為這本他與國內外十二位著名學者的訪談錄作序。因此在此書出版前，我有幸拜讀了一時之選的時賢從不同角度，不同層面，不同價值取向對辛亥革命的論述與評價。當然，我細讀了其中章開沅先生的《革命不是製造出來的》萬言宏論。訪談不比嚴謹的論文書寫，但在一問一答的訪談中，小叩小鳴，大叩大鳴，在他厚積薄發、輕鬆自若的一言一語中，我可感受到章先生史學之深厚，史識之卓越。那時他已是八十後之年了，但思維卻如此的活潑健旺。去年(二〇一六)十二月開沅先生應邀來香港中文大學作「陳克文先生近代史講座」的第一位講者，我有幸第一次親見章老(時年九十一歲)的言談風采，一見如故。

　　日前，章開沅先生的門人陳新林博士語我，章老的《北美萍蹤》一書，盼我寫一序。我因敬其人其學，遂一口答應，而實深感榮幸也。

《北美萍蹤》是開沅先生(時年六十四歲)於一九九〇年八月經港赴美，到一九九四年三月返國還鄉這三年半中的遊學日記。這本日記完整地留下了他遊學美國，歐洲，韓國，日本，臺灣的雪泥鴻爪。他主要的遊學地是美國，特別是東岸的普林斯頓、耶魯與西岸的加州聖地亞哥。章老的遊學活動是教學、演講、讀書、寫作、蒐集史料、出席會議、訪舊雨、會新知。開沅先生孑然一身，羈旅海外，不免時有思國懷鄉之苦寂。但他每到一新地亦不忘遊覽風光，默察民情風俗，頗多自在、自得之樂。這三年半中，開沅先生是華中師大的校長，更是以學者的身份在海外遊學。章老曾言：「我年事已高，畢生所缺者，唯有留學一事。」這次他遊學的意義與收穫則遠勝於留學了。

　　寫到這裏，不由引起我一些感想。自清末民初以還，中國落後衰敗之象已大顯，追慕西學成為潮流。百年來，世界學術中心都在西方。先是西歐，再到北美，是而中國年輕學子幾無不有到西方取經的願望，出現了二十世紀中國知識人大規模的「西遊記」。章開沅先生的遊學記《北美萍蹤》可說是中國近代「西遊記」中一個特有的篇章。《北美萍蹤》這本章老的遊學日記有許多可細談咀嚼之處。我最樂見的是開沅先生與海外漢學界(指廣義的研究中國文化與歷史的學術圈)的學人群體交往、切磋的場景。這個學術圈包括了美國的牟復禮、韋慕庭、史景遷、黎安友等，法國的白吉爾、巴斯蒂、畢仰高等，日本的島

田虔次、野澤豐、久保田文次、藤井升三、井上清、中村義、小島淑男等。開沅先生的朋友圈，真可謂「談笑有鴻儒，往來無白丁」，為《北美萍蹤》辛勤注釋的張曉宇博士看到這個長名單，直呼是「海內外中國近代史學人的點將錄」。張曉宇所說的海內外近代史學人還包括開沅先生訪臺灣時所見的多位學者，如張玉法、蔣永敬、張朋園、胡春惠、周陽山、劉紹唐等。在這裏，我們可以看到學術的世界性。漢學或中國研究的重地已不在一國一地，而是在世界各國各地。其實，世界的大學已成為一「大學共和國」（章老的華中師大當然是大學共和國之一員），這也是章老在海外遊學時所以到處受到禮遇而有賓至如歸之感也。

章老的日記中，我特別有興趣的是章老交往的「學術圈」中的海外華人學者群體，包括如唐德剛、劉子健、何炳棣、余英時、陳大端、杜維明、鄒讜、吳天威、朱昌峻、袁清、邵子平、費景漢、朱葆瑨、王文生等。這多位華人學者大都是留學美國而定居美國者，他們大都是大學中人文社科的教授（當然，他們只是海外華人中人文社科學者中的部分，如果計算自然科學界的海外華人學者則其人數當以數倍計）。他們在學術上，特別是在漢學或中國研究上，卓有成就，貢獻良多。我從章老日記所見，想到二戰後，不勝數計的中國學人外流海外，當年新亞書院的新儒家唐君毅先生因感中國文化之外散而有「花果飄零」

的慨歎。我完全可以理解唐先生的心之所憂。不過，今日我們看到海外不勝枚舉的華人學者在中國文化研究上，光芒競放，「花果飄零」已是靈根遍植，花果纍纍，而海內海外，學術無隔，天下一家。開沅先生之遊學記不啻是一個時代的見證。

胡適生前曾大力提倡書寫日記，要為世間多留一點真實史料。章開沅先生是史學家，他寫過兩本日記，但文革期間都被他自己燒毀了，且曾有「不留文字在人間」的氣話。也許是天意，他遊學海外三年半，竟一天不缺地寫了三年半的日記。章老說「一生僅有三年多逐日簡要記下逐日實錄」，也因而我們才有了這本《北美萍蹤》，豈不神而妙乎？這本遊學日記不止如實地記錄了這位資深學者的遊學見聞、行止與言思，也反映了海外中國學人群體的一個如實的存在狀態。誠然，《北美萍蹤》留下的這份珍貴史料，它是個人的，也是時代的。

二〇一七年十月於香港

創造現代文明的新秩序

許倬雲《現代文明的批判》序

　　許倬雲先生一生以學術為志業，名重當代。中國古代史是倬雲兄史學專業所在，但他的學術志趣與探究領域，遠遠超越專業範疇。二〇〇六年，七十七歲時，他所著的《萬古江河：中國歷史文化的轉折與開展》，識見高遠，視野闊大，是大歷史之書寫。書中論中國之發展分為「中國的中國」、「東亞的中國」、「亞洲多元體系的中國」，及「進入世界體系的中國」，這在中國通史的敘事中，匠心獨營、別開生面。倬雲兄八十之後，雖經受長期身體的苦痛，但他對國事、天下事的關懷絲毫不減，而筆耕也從未稍輟。最近又完成《現代文明的批判：剖析人類未來的困境》一書，並要我寫一序言。據告此書最後一章，是在他接受一次重大手術的前夜，由其公子錄音他的口述而成，聞之動容起敬。相識相交半世紀的學長倬雲兄之囑，自是欣然從命，亦因此對此書文稿得有先睹之快。

　　許倬雲先生此書之作，是為西方現代文明「把脈」，他認為現代西方文明今日面臨種種「困境」，已進入「秋季」，它已失去原有發展的動力，由興盛走向衰敗。西方

現代文明是指近四、五百年來,在歐、美誕生,開展,構建的文明體。倬雲兄的批判固以現代文明為着眼點,更以近百年來作為西方現代文明代表的美國為觀察對象。他在美國生活逾半世紀,對美國文明親眼目睹,所以他的剖析是清明的知性論述,還帶有一分真實感受的體驗。

文明史是範圍最廣的歷史,西方近五百年的現代文明史內容,尤其繁複紛雜。史家落筆最考本事處,就在寫甚麼,不寫甚麼,在這裏,許倬雲先生特別重視西方現代文明的制度特性,他以資本主義的經濟制度,大型共同體的主權國家體制,以及科技發展和其相關的工業生產方式,作為論述的重點。相應於這三個基礎制度,他又指出西方現代文明的基本觀念,是建立在個人主義、主權國家、民主政治、資本主義經濟,及工業生產和科學發展等五個支柱之上。

在此書八萬字的篇幅中,作者用心最深、着墨最多的,便是西方現代文明核心的三個基礎制度和五個觀念支柱。在他條分縷析的論述中,更特別着力於制度與觀念之間的交光重疊,相互滲透與影響。更有進者,作者對西方文明的剖析,採取的是一個歷史動態的角度,他把西方現代文明分為四個階段,今日則處於第三階段的後期。倬雲兄認為在四、五百年間,西方締造的現代文明,是人類歷史上輝煌的篇章,但到了今日,西方現代文明已病象叢生,日薄西山。有意思的是,倬雲兄的美國史學同道弗格

森(Niall Ferguson)，在二十一世紀第一個十年步入尾聲之際，腦子裏也閃過「我們已經歷西方五百年優越地位的終結」的念頭(見其《文明》一書中的論述)。誠然，倬雲兄對西方現代文明的前途剖析，比弗格森要灰暗很多；他比百年前第一次世界大戰後梁啟超在《歐遊心影錄》中，對西方文化的批判，無疑更全面、更深入了。

許倬雲先生認為西方現代文明的基石，如資本主義的經濟制度，主權為本的國家體制，乃至於民主政治、個人主義，無不已經變質、異化、鬆弛、敗壞了。他指出，資本主義已墮化為無「誠信」原則，成為「以錢博錢」的金錢遊戲，造成結構性的貧富懸殊兩極化與世襲化；民主政治的理念，在實踐中已狹化為選舉，而選舉又為金權所腐蝕；民間社會搖搖欲墜，再難有制衡國家機器的社會力量；政客則假借公權力而成為取得支配地位的民選貴族，人權自由已無所保障，民主愈來愈空洞化與惡質化。至於對西方現代文明最有表徵性的個人主義，他的感喟更多。他指出，個人自覺帶來的個人主義，原賴基督敦神恩之眷顧，神恩因科學之起而失，因而個人之自主性已無所着落，個人竟轉變為只顧到自己而自私；更有甚者，自私導致的自我封閉，遂使人際疏離，親情淡薄，家庭破碎，社會解體。許倬雲先生認為西方現代文明已出現人之失落，社會之失落，而呈顯生命意義與存在意義之危機。這不啻是說這個文明的整個精神世界正在崩塌之中。

百年來，書寫西方現代文明沒落、破產、沉淪者多矣，許倬雲先生不是第一位，也不會是最後一位，但欲知西方現代文明如何病了？病在何處？病得多重？《現代文明的批判：剖析人類未來的困境》一書，是十分值得認真閱讀的。

　　許倬雲先生對西方現代文明的批判，不論你同意或不同意，都不能不承認他的剖析銳利和博知多識，在我則更感佩他對人類前途的關心與襟懷。真正說，倬雲兄對人類的未來，是仍抱有希望的。他不但承認西方現代文明「確實有其自我調整的機制」，更援引中國與印度的東方文化精神資源，以樹立「生命現象價值觀」，而為安身立命之資。而他真正希望之所寄，則是人類能創造「第二個現代文明」。他說：「我們不能認為西方現代文明的一些組織型態，就是人類最後的選擇。」又說：「我們已經到了窮途末路，找到新出路是必要的工作。……更當拋開模仿西方現代文明的舊習，重新思考對未來人類的存在和發展，更為適合的創新途徑。」旨哉斯言！這是我最認同的見解。二〇一三年，我出版一本《中國現代化的終極願景》的自選論文集。我指出中國百年的現代化工作的終極願景，就是要建構一個「中國的現代文明秩序」。中國的現代文明之構建，固然不能不以「西方現代文明」為參照體(應該指出，自由、民主、人權等現代人的價值，雖然在西方歷史實踐中已變質異化而空洞化，但這些價值的

原始理念，仍具有普世意義），但絕不能依樣畫葫蘆，盲目模仿。

　　在這裏值得一提，從世界範圍看，西方以五百年時間建立的「現代文明」，是迄今世界上唯一完成式的現代型文明，但唯一卻不等同於具有典範地位；倬雲兄此書更清楚闡明，「西方現代文明」已不具「現代文明」典範的正當性。以此，中國要建立的「現代文明」，應該正是許倬雲先生心目中的「第二個現代文明」。然耶非耶，倬雲學長當有以教我。

二〇一四年八月

蔡元培先生留給中國大學的精神遺產

一

從十九世紀中葉到二十世紀，中原大地，風雲變幻，百五十年的巨變，開中國三千年未有的新局。天佑中華，古老中國終究在崎嶇起伏，險象環生中步上一條現代化的發展大道，古文明已換了新貌。在現代化的歷史過程中，在政治、文化、經濟、學術、教育等不同領域，出現過不少對現代化有傑出貢獻的非凡人物。無疑地，蔡元培先生是其中一位表表者。

值得指出的是，在眾多非凡的人物中，蔡先生可能是最少爭議，最普遍受到敬仰的人。當其生時，新、舊、中、西價值觀念尖銳碰撞，此一是非，彼亦一是非，而黨同伐異，尤為激烈。蔡先生不是共產黨員，但他死後受到中共主席毛澤東的「學界泰斗，人世楷模」的崇高讚譽。蔡先生一生念茲在茲者是中華民族的復興。他的言行是超黨派的。他的心裏只裝着國家、民族。蔡先生敬仰孫中山先生「天下為公」的襟懷。他終其一生做過最重要的公職是中山先生任中華民國臨時大總統時的教育總長，而他一

生心血都放在振興中國的學術與教育上。這是因為他深信教育是救亡圖強的根本之道。(他曾説「救普魯士之亡，德意志統一的盛業，皆發端於教育之革故鼎新」。)他在學術教育上做了三件人事，一是在民國初立時以教育總長身份制定了《大學令》，取消了二千年佔思想王座王座的「經學科」，引進了科學，使科學在中國落地生根；二是改造北京大學為中國的第一間現代大學；三是創建了「中央研究院」，第一所中國最高學術研究的機構。蔡先生至今最為人津津樂道的是他與北京大學的一段因緣歲月。

二

蔡元培先生之改造、重建北京大學，在中國二千年的學術教育史上是有里程碑意義的。在他手上(一九一七年任北大校長)，北京大學才成為一間真正有現代性格的大學，蔡先生的大學理念，也即他為大學所作的定性與定位，是與中國二千年的高等教育機構(太學或國子監)，甚至與北京大學的前身「京師大學堂」或初期的北京大學(京都大學堂於一九一二年易名為北京大學)，是截然不同的，蔡先生在一九一七年就任北大校長的演説中説：「大學者，研究高深學問者也」，之後，他又説「諸君須知大學不是販賣畢業證的機關，也不是灌輸固定知識的機關，而是研究學理的機關」，「大學生當以研究學術為天職，

不當以大學為升官發財之階梯」。把大學目的界定為「研究學理」，不是「灌輸固定知識的機關」，那就超越了傳統教育的「傳道、授業、解惑」的範疇了。蔡先生把大學之基本任務定位在「研究學理」，亦即在創新知識上，這可說是發前人未發之論。在這裏，我更想強調地指出，蔡先生心中的「學理」、「學術」或「知識」，主要地是指「科學」。他說「教育的方面雖也很多，他的內容，不外乎科學與美術」。很明顯地，蔡先生把二千年來的「太學」（或國子監），以「經學」為學術教育之核心轉變為北大（以及所有中國的現代大學）以「科學」為核心了。從經學轉向科學，這是「知識範式」的轉換，也是中國學術教育旋轉乾坤之一大變。此事之爭議，迄今沒有全息，但整體上講，這是中國學術教育現代化上最有決定性的一步。無可置疑，中國今日在現代化事業上的巨大成就，講到底，與百年來大學所提供的新人才與新知識是分不開的。蔡先生是中國學術教育現代化的第一人。

三

講蔡元培先生對大學的貢獻，就不能不講他堅持的「學術自由與兼容並包」的主張。他說：「大學者，『囊括大典，網羅眾家』之學府也」。他主張對於不同學派的學說，應該「仿世界各國大學通例，循思想自由原則，取兼容並包主義……無論為何種學派，苟其言之成理，持之

有故，尚不達自然淘汰之運命者，雖彼此相反，而悉聽其自由發展」。

蔡先生深信，「思想自由」與「兼容並包」是「大學之所以為大也」。事實上，蔡先生任校長期間，北大確是網羅了一大批「道不同」，「意見不合」甚至「勢若水火」的學者大師，使北大有了百家爭鳴，百花齊放的學術盛況，開啟了春秋戰國之後的第二個學術燦爛繽紛的新「子學時代」。而北大更成為中國新文化運動首發之地。蔡先生主持的北大以大氣魄大智慧，擔承了一間大學時代召喚中的歷史使命。

四

蔡元培先生在一九四〇年逝世於香港。香港何幸，先生埋骨於香港青山。他逝世已七十八年，但他的身影在歷史長廊中越來越顯得高大。蔡先生的不朽是他留給北大，留給中國的大學的精神遺產。

二〇一九年香港各界舉辦的「蔡元培先生誕生一百五十年紀念會」上的講詞

記我書寫的出版快事

一

一九七〇年，我應香港中文大學之聘自美來港，開始了我此後三十四年在香港的教學生涯。二〇〇四年自中大退休，續聘為榮休社會學講座教授迄今又十四個年頭。

我在香港四十八年，今已是八十三歲的老香港人了。我這個老香港人，也是一個老書寫人，書寫是我基本的生存狀態。退休十四年中，書寫仍是我生活的中心。誠然，對一個書寫人來說，書的出版是第一在意的。我書的出版始於臺灣，我的第一本學術著作《從傳統到現代》，第一本散文集《劍橋語絲》都是在臺灣最早出版的。數十年裏，我不少書的簡體字版亦先後在內地出版，但我這一輩子，書寫最多，出版也最多的是在香港。在這篇短文中，我只記述我在香港所經歷的幾件出版快事。

二

在香港，早年出版我書的有幾家出版社，但從一九九二年起，我的書幾乎全由牛津大學出版社出版了。

一九九二年是這間世界著名，有近六百年歷史的牛津大學出版社第一次出版中文書，我受出版社編輯林道群先生的邀約，他表示牛津大學出版社出版第一批中文書中希望有我的書，我當然是欣然應命。

我不止對牛津這個老招牌有好感，更覺得這是牛津遲來的遠見，必須支持。中文不但是十億以上中國人的語文，它已是越來越有世界意義的語文了。就這樣，我和牛津大學出版社結緣了，也成了我書寫的出版的一件快事。

牛津大學出版社的編輯林道群，當年應是而立之年的年輕書生，他是中大文學碩士，氣質清雅，在出版界已有很好的口碑。自一九九二年以來，我們交往不斷，他也不斷為我的出版事盡心盡力，今天我們已是無話不說的「老朋友」了。二十六年中，道群兄已先後為我出版了十本書：《中國的現代轉向》、《中國社會與文化》、《中國政治與文化》、《社會學與中國研究》、《大學之理念》、《再思大學之道》、《劍橋語絲》、《海德堡語絲》、《敦煌語絲》及《學思與生涯：訪談錄》。

我對林道群這位編輯人的識見、巧思與情志是十分欣賞與欽佩的。二十六年來，牛津大學出版社在華文世界已樹立了一個好名聲，道群兄之功大焉！

三

香港中文大學出版社是一九六三年中大創立後不久就

成立了。創校校長李卓敏一開始就認識到大學出版社的意義與功能。中大出版社始終體現中大強調的「國際性」與「中國性」，始終以「結合傳統與現代，融合中國與西方」(李卓敏語)為出版宗旨，故中大出版社與中大的「中英雙語政策」也是密切配合的。在我十幾年中大副校長任內，中大出版社是我負有監督之責的，也以此，在中大三十四年中，我個人的著作刻意地不在中大出版社出版，其實我的英文論文，大都在國際學術期刊與國外大學出版社(Harvard、Stanford、Michigan、Hawaii等)的論文集中發表。二〇一八年，我自中大退休已十四年，中大出版社為我出版了 *China's Great Transformation: Selected Essays on Confucianism, Modernization, and Democracy* 的論文集。現任社長甘琦女士是以求完美出名的專業編輯人(她的夫婿是海內外享有高名的詩人學者北島)，她為我出版這本論文集，對我當然是一件快事，這也是我的「中大緣」的又一緣。

四

我與百年老店中華書局和有六十年歷史的書畫名社集古齋的相遇，則是我近年書寫人生中一段出版經驗中大有快意之事。

中華書局與商務印書館都是中國有百年歷史的著名出版社。中華創立於一九二一年(上海)，商務創立於一八九七年(上海)，都是維新運動下的產物，二者均以弘

揚中國傳統文化和創建中國新文明為出版宗旨，他們在中國現代化的歷史運會中，在推動中國的學術與文化上，扮演了極之重要的角色。

中華書局早於一九二七年，商務印書館更早於一九一四年就在香港落地生根，也即有了香港中華書局和香港商務印書館，他們長期以來都是香港出版界的翹楚。我而立之後三數年，曾在臺灣商務印書館工作，所以對香港商務和香港中華，有一種自然的親切感。我更高興知道香港商務與臺灣商務有不少交流與合作。一九八〇年新亞書院的傑出校友陳萬雄博士出任香港商務總經理兼總編輯，之後更成為聯合出版集團的總裁。近十年，聯合出版集團先後在陳萬雄與文宏武先生主持下，香港商務和香港中華的出版業務日趨現代化、電腦化、數碼化，香港、九龍、新界的連鎖店在香港這個大都會的版圖上增加了不少文化的身影。香港商務和香港中華在經營管理上處處彰顯出香港精神和香港特色。

我與香港中華書局第一次相遇是在二〇一二年。當時香港中華為慶祝中華書局百年之慶，將我的《是那片古趣的聯想》的散文選集（是我三本《語絲》）中的選文，曾得到牛津的首許）收入他們特編的「香港散文典藏」中。

二〇一六年春，中大中國文化研究所陳方正兄語我，香港的書畫名社集古齋有意為我舉辦一個書法個展。初夏，歷史學者鄭會欣先生再來對我提及此事，並安排集古

齋總經理趙東曉博士與我見面。趙東曉先生年輕老成，溫文爾雅，原來他也是為我出版《是那片古趣的聯想》的香港中華書局總經理、總編輯。所以我們初見便能直入話題，言談之中，我深覺東曉兄深諳翰墨之道，更是愛我、知我書法之人。於是，便有了二〇一七年三月在集古齋舉辦的「金耀基八十書法展」，而香港中華書局同時出版了《金耀基八十書法集》，這次十分成功的書法展充分顯示了東曉兄運籌策劃的本事，令我既感且佩。接着是年九月，他又與中國藝文界名士祝君波先生合作，聯手在上海舉辦了「金耀基八十書法展」，並由集古齋出版《金耀基八十書法作品集》。上海的書法展盛況不說空前，也是漪歟盛哉！而二冊書法集也讓我這個書寫人殊多快意。

我與香港中華書局最新一次的愉快合作是出版《人間有知音：金耀基師友書信集》。八十歲之後，我沒有寫回憶錄的計劃，卻有了編印師友書信集的念頭。趙東曉兄是歷史學者，他第一時間就鼓吹我盡早把這本師友書信集出版。他表示，我不少師友是我相知相重的「知己」和同聲相應、同氣相求的「知音」，更有不少「知己」、「知音」的師友是歷史性人物，故這本師友書信集不止為我個人而留念，也是為歷史留紀錄。難得的是，東曉在看了我的師友書信集後，提出了一個具體而有想像力的構思，希望能為我出版一本不一樣的書信集。他建議我為每一位寫信給我的師友寫數百字至千字的勾描，並特別說說每位師

友與我結緣的時空情景。我甚然其意，於是乎，這本有近十萬言的《人間有知音》的師友書信集不止有我師友的手札，也有我寫師友，我寫我自己的回憶文字。雖是一麟半爪，片光吉羽，卻不期然而成了我半部「回憶錄」了。

近三、四個月來，為了《人間有知音》這本師友書信集，我常每日伏案書寫八、九個小時，樂此不疲，而香港中華書局的趙東曉與黎耀強等一流的編輯團隊，日夜趕工，改了又改，力求精美，辛勞十倍於我。我這個老書寫人，不能不記述這一次難忘的出版快事。

原刊香港聯合出版集團成立三十年紀念文集，二〇一八年

《有緣有幸同斯世》自序

「逝者如斯乎，不舍晝夜」，不經不覺，我已是八十有三的人了。在八十年的人生中，從二十世紀到二十一世紀，這段歲月恰是中國歷史（甚或人類歷史）上一個發生巨變的大時代，我深以為我與同生這個大時代的人有一大因緣。對我這個八十後的人來説，與我「同生斯世」的有三輩之人：我的前輩（父輩、師輩）、我的同輩和我的後輩（子孫、學生輩）。進入老年後，常不由然會念想一生中與我「同生斯世」的師友。邇來，猛然覺到我的父輩、師輩之人大都已經仙逝，而與我同世代的朋輩友好也有不少已是駕鶴遠去的了。人生感慨，實多深矣。

這個文集收錄的是近三十年中我書寫父親，三位老師，十位前輩，八位同世代的朋輩友人的文字，大都是在他們身後對他們的追思之作，而有的則是在他們生前因不同機緣，為他們書寫的，但今與他們已是人天永隔，這些書寫也變成對故人所作的紀念文章了。本書中所寫人物，父親外，王雲五、浦薛鳳、鄒文海三位先生是我親炙的老師，錢穆、徐復觀、李約瑟（英國）、小川環樹（日本）、

狄培理(又譯狄百瑞，美國)、朱光潛、李卓敏、費孝通、黃石華、龔雪因諸先生則是我前輩人物，蔡明裕(日籍華人)、孫國棟、馬臨、逯耀東、劉述先、郭俊沂、李亦園都是我同世代的朋輩友人。文集中還收入我寫給愛華女史的一信，這是我對她夫婿林端教授的哀思。林端、愛華伉儷都是學界中人，也是我學術上的知音。

特別要說的是，這本文集我所悼念、紀念之人，都是與我「同生斯世」的有緣之人，他們每一個都曾為這個世界增添光輝與溫情，他們更都使我的生命意義變得充盈、豐實，我之能與他們「同生斯世」不只「有緣」，更屬「有幸」，真的是「有緣有幸同斯世」。

當此文集付梓之際，回顧我八十餘年歷程，真還有許多「有緣有幸同斯世」的親人、師友，他們先後已離開這個世界，這個文集未有我對他們的書寫，但他們永存我心。

此書的附錄是我五十二年前為殷海光先生《中國文化的展望》一書所作的書評。殷海光先生是二十世紀五六十年代一位思想界的人物。我有幸在他晚年成為他「無不可與言」的年輕後輩。我的《從傳統到現代》一書與殷先生的《中國文化的展望》是一九六六年同年出版的，我們的不同，視域有異，但對中國之必須現代化的看法，甚多亟合，可說殊途同歸，志同道合。殷先生之於我，實是「平生風義兼師友」，殷先生去世前，我對他當年的「新著」

寫了一篇書評，殷先生亡故，我當年無有悼文，但於他去世五年後(一九七一)，我在一九六六年所寫書評前加上了一段話(那時，殷先生的新著已成遺著)，以表我對斯人斯書的志念。殷海光先生誠亦我「有緣有幸同斯世」之人。

二〇一七年八月立秋後

II

天人合一亭

香港第二景

　　新亞創院院長錢賓四先生，在他生命走向盡端，萬籟寂靜之際，瞿然喜曰：中國文化最為精微高明之處，實為天人合一。天人合一說，自是儒家學說的核心觀念，孔子曰：「五十而知天命。」孟子更有盡心知天之論，並曰：「誠者、天之道。思誠者人之道」，人道、天道乃相通不隔者。宋儒接講孔孟天人合德之義，如周敦頤之「聖人與天地合其德」；張載之「天地之塞吾其體，天地之帥吾其性」；程伊川之「在天為命，在人為性，在義為理，主於身為心，其實一也。」朱熹說：「天即人，人即天」，人性天性、人理天理，一也。陸九淵也說「宇宙即吾心，吾心即宇宙」。上下三千年，儒之靈傑者都是講天人合一。賓四先生一代國學通儒，天人合一之說，生平屢有講述，但是次卻是他生死交關時刻絕筆之言，可說意義非凡。之後，錢先生之言在海內外回響不止。當時，新亞書院梁秉中院長乃動念修建「天人合一亭」以誌念錢先生其人其學。於是有了今天中文大學山之巔的陳惠基教授的傑出建築。

欣賞新亞的天人合一亭，或坐或立，都有可觀。一池清水，二樹半抱，非傳統園林，有現代筆意，唯中國情趣悠然而出。在「合一亭」，每小留，輒有雲影天光相伴，心靈隨之躍動不已，不覺低吟晦翁「半畝方塘」之詩句矣。而遠眺馬鞍山之雄奇，八仙嶺之玄美，再看池水與吐露港之大海相接，大海盡頭又是水連天、天連水，水天一色，人天渾然一體，天人合一之境，油然心生矣。

「天人合一」？我觀止矣，美之曰「香港第二景」，誰曰不宜？!

四十年來的中大

　　香港中文大學今年(二○○三)是成立四十周年。中大四十年的歷史是一間中國人創辦的大學，由誕生而成長而茁壯而騰飛的故事。這個故事與香港四十年來由一殖民城市成功地轉化為一個國際都會的偉大故事是同步展開的。

　　中文大學誕生於一九六三年，它由新亞、崇基、聯合三所書院整合而成為一間中國人社會前之未有的書院制的現代大學。創校校長李卓敏先生是一位有濃厚中國意識和深刻國際眼光與襟懷的學者。他主張「結合傳統與現代，融合中國與西方」以為中大學術發展的路向，在他就職的演說中，更一而再、再而三提出立足香港，面向全球，以建立中大為一國際性學府為目標。值得一提的是，中大一開始即推行中英雙語文政策，在英國殖民地時代，這絕不是一件理所當然的事，而這個雙語文政策顯然大有益於中大在高教全球化中的發展與競爭。

　　中大在一九六六年成立研究院，這是香港高等教育史上的一個里程碑，這清楚標示了中大在立校之初就決定要成為一間研究型的大學，把研究與教學放在同等重要地

位。中大的校友在各個不同的領域都有十分傑出的表現。在學術、教育、金融、商業、政治行政、文藝音樂、新聞傳播等各界無不人才濟濟，頭角崢嶸。簡單說，在香港由一殖民地城市轉化為一國際都會的過程中，七萬個中大校友提供了巨大的創造發展的動力。今日今時，中大也已成為一間名實相符的國際性大學，在不少教研領域，我們已取得了國際性的肯定與聲譽，一個顯明的例子是，中大的MBA在二〇〇二年八月被Asia Inc評為亞洲第一，EMBA亦為倫敦的*Financial Times*評為亞洲第一，在世界居第二十位。四十年來，中大師生的奮力精進，日新又新，使中大已經無愧地躋身於世界大學之前列。

中文大學四十年來，一步一腳印，一階段，一臺階；層層上升，從二十世紀跨進了二十一世紀。有所守，也有所變，中大刻刻在求新，求發展。漫漫四十年，中大人一直在走一條中大的卓越之路。中大念茲在茲，用心用力最多的是一間現代大學的制度的建構，其核心問題，即是大學的「治理」體制。大學校長個人的理念與風格固然會影響大學，但一間現代大學的作為與格調卻決之於大學之治理體制。中大四十年來對治理體制之建立一直在自我審省中不斷自我完善。中大的治理體制無疑有中大自己的特性，但卻完全具有現代型大學的共通品質，就犖犖大者言，中大對「大學自主」與「學術自由」這兩點是從不含糊的，它們是中大治理體制中的天綱地柱。當然大學自主

與學術自由不能不同時重社會的責任與學術的責任。中大的一切作為，如對教學素質、研究素質的保證，均有具體機制，尤其是教師的聘用、升遷、獎懲都遵循一套透明與客觀的程序。中大多年來任何一位教師的延聘。莫不是通過嚴格的國際選拔的途徑。在這裏，我想指出，自上世紀八十年代以還，中大已完全可以與英美傑出的大學競爭人才，其中一個很重要的原因是，中大能夠提供一個很有吸引力的薪資與研究環境。在過去二十年，大學教師的待遇可稱優厚，不過它在香港言，比之中學、小學教師的待遇並不偏高，比之私營機構或專業(律師、醫師)也不偏高，比之政府公務員的待遇更是絕不偏高，但它在國際上卻使大學有競爭優勢，這是過去二十年香港的大學的素質突飛猛進的一個重要原因。沒有疑問，中大之得以有大發展，講到底是得力於香港政府與社會的奧援。中大是一所公立大學，資源主要來自政府的調撥，而中大自創校以來始終受到香港社會的慷慨捐助，歷屆大學校董會與書院董事會諸君子對大學之督導與支持更是不遺餘力，從這一點最能體認到中大四十年之大發展與香港這個偉大城市是密不可分的。

從一九六三到二〇〇三年，中大與香港同步走了四十年。這四十年，不止是中大的升起，香港的升起，也是亞洲的升起，錢穆先生創辦的「新亞」即是指新的亞洲。無可諱言，香港目前經濟不濟，財赤嚴峻，而中大亦面臨重

大的預算削減。此日此時，中大人與香港人可說是風雨同路。誠然，我們不可低估形勢之艱難，但我們也絕不可自失信心。作為一個城市，香港整體現代化的制度力在全球化的挑戰中自具有難以取代的優勢；作為一間大學，中大更擁有厚積待發的上升力量。我們沒有理由不能克服眼前的困難；沒有理由不能應接面對的挑戰。四十年來，香港建構一個亞洲偉大城市的工程，不會停止；中大建構一間亞洲偉大學府的工程，不容停止。中大人與香港人一定會在風雨同路中，走出一個朗朗晴日，走出一片藍藍新天。

二〇〇三年中大成立四十周年寫

與中大的一個盟約

各位同學：

　　首先，歡迎你們加入香港中文大學的大家庭，經由「新生入學典禮」，你們就正式進入「中大之門」，正式踏上「中大之路」了。

　　從中學到大學，這是你們生命歷程中的一個里程碑，而你的進入中大則更是一種緣，一種抉擇，這是一個個獨立的你與中大雙方的一個抉擇，一個盟約。

　　相信，你們一定已被中大校園的壯美所吸引了。中大的宏偉校園，依山傍海，氣象萬千，自然與人文相擁相抱，亦壯麗亦優美，最是求學健體的好地方，希望你們好好親近校園，少用車、多用腳，那麼，到你畢業之日，個個都是讀了萬卷書，行了萬里路的中大人了。

　　中大是一間書院制與研究型的綜合大學，中大之所以能居於世界大學之林的前列，顯然是由於它在研究上，在知識的創發上卓有成就。但應指出，中大一直堅信教學與研究不可偏重偏輕。事實上，中大一直把培育青年學子作為頭等責任。作為一間大學，中大不止是一個宜學、宜

遊、宜憩的校園。更重要的是，它提供了優秀的師資，完整的課程，齊全的設備。它提供了一個可自由地追求知識，一個可養成有獨立判斷，激發創新思維，一個可養成群體的倫理秩序的學習環境。

各位同學，所謂教學，絕對不只是「教」，甚至可以說，更重要的是「學」。而講到學，這就要看同學你們自己如可把握機緣，如何主動投入，如何不放過每一個裝備自己的學習機會。應該強調一點，中大的教與學的目標，不僅是要你們獲得一行一業的知識，更要你們能樹立健康的價值觀，高質素的品味能力，這才是大學教育的「增值」。

各位同學，我說今日的「新生入學典禮」是你與中大的一個盟約，是你與中大的一個抉擇。的確，當你們學成畢業之時，你們都會有一個中大的印記，這印記是中大人的印記，它象徵着中大與你的共同體的命運。我相信，這也是一個成功的象徵，一個有本事的象徵。我想告訴你，將來你在開拓事業的道路上，別人不問你家鄉何處；不問你父親是誰，但會問你來自哪間大學。在一個現代化、全球化時代，地緣、血緣沒有學緣更重要了！

今年是中大成立四十周年，中大四十年是一間中國人創辦的大學，由誕生、成長，而茁壯而騰飛的偉大故事。我們四十周年的口號是「精進日新、騰飛四十」。的的確確，中大必須精益求精，日新又新，保持蓄久待發的上升

力量。我們必須努力把中大建成一間亞洲的偉大學府。一間偉大的學府，就必須充分發揮大學的功能。今天的大學是明天的社會，明天是怎麼樣的社會，就要看今天是怎麼樣的大學。大學是站在社會的前沿的。大學的功能是多元的，它是為人類增進知識，為社會造就人才，它是為承繼發揚文化傳統，更是為建構現代的文明秩序。在根本上說，中文大學之創立是為了中國的現代化，而中國現代化的終極目的就是建構一個中國的現代的文明秩序。各位同學，你們加入中文大學，是參加了中文大學的一項有歷史意義的教育工程。

各位同學，中大之門已為你而開，歡迎你一齊踏上中大之路。

左起：金耀基教授、盧鼎教授、錢穆先生、馬臨校長、陶學祁校董

憶扛新亞的一段歲月

一

　　一九七〇年，我從美國到香港，自此開始了我與香港中文大學的半生之緣。二〇〇四年退休，在中大三十四年中經歷了大學的成長、茁壯與騰飛的日子，有許多值得懷念的人和事。今年是新亞書院成立六十周年，書院邀為《多情六十年：新亞書院的過去、現在與未來》撰文，這就特別使我懷憶起在新亞的一段難忘歲月。

　　我到中大的第一天，也是我到新亞的第一天，我是應中大新亞之聘參加新亞社會學系的(那時三間書院各有自己的學系)，記得中大校長李卓敏先生在一九六九年秋到匹茲堡大學接受榮譽博士學位(另二位是外交家季辛吉和太空英雄鮑曼)特別抽時間約我晤談，表示歡迎我去中大。我相信這是因匹茲堡大學社會學家楊慶堃教授向他推薦的，楊教授那幾年都在幫中大發展社會學。我與卓敏先生雖是初次見面，但他熱情與坦誠的談話讓我不覺有半點隔閡感。李校長給我最深刻的印象是他對他創辦的年輕的中文大學所抱持的那份強烈信念與宏大企圖心。之後，新亞社會學系系主任冷雋教授到匹茲堡研究訪問，他來

我住處見面，並懇切邀我去中大的新亞書院，他還充滿興致地為我介紹了新亞書院的歷史和近況。新亞書院我是不陌生的，錢賓四、唐君毅二位新亞前輩先生的著作，我在臺灣大學求學時就讀過，敘遲已久。冷先生早年留美，曾從政、治學勤謹，他贈我著作，還特別提起他看過我一九六六年出版的《從傳統到現代》那本書。翌年，我到香港的中大，又是到中大的新亞，這是我很樂意的。想不到的是，一直到二〇〇四年退休，我的學術生涯再沒有離開過中大新亞，這份學緣不可不謂深矣、久矣。在中大三十四年中，我為新亞書院所花時間與心力最多的是一九七七年到一九八五年擔任院長的八年歲月。這段歲月，距今匆匆已是三十年了，但有些人和事，至今回憶依然歷歷在目。

二

一九七七年三月一日，我正式接任新亞書院院長，誠然，成為一間由錢穆先生創辦而擁有一個偉大文化理念的書院的院長，對我是一份特殊的榮譽，但我真正感到的是責任之重。當時，大學剛走完自一九六三年立校以來最重大的改制的法律程序，一九七六年十二月二十三日立法局通過了「香港中文大學法案」，這個法案是基於第二個富爾敦勳爵的報告書的建議而制定的，新法案產生最大的變革是所有學科(系)均歸屬於大學的各學院(Faculty)，

書院(College)不再設學系。於是，老師之聘退升遷悉由大學統理。在新制下，任何一個老師或學生入中大，必屬大學之學系。同時，也必分屬一個書院。用富爾敦勳爵的術語，大學負責「學科為本」的教學，書院負責「學生為本」的教學。毫無疑問，這位牛津出身的老先生為中大三間書院重新定位時是以牛津、劍橋大學的書院為參照模式的。就在這個新法案在立法局通過成為法律之日，新亞董事會李祖法先生等九位董事辭職抗議。誠然，任何機構遇到改制的問題，一定會有爭議；中大這次改制，爭議的聲音特別大。其實，在富爾敦勳爵領銜的改制委員會成立之前，一九七四年大學本身就成立了一個由當時新亞書院院長兼中大副校長余英時教授為主席的「教育方針及大學組織工作小組」，我是小組成員之一。工作小組花了極大的心力，為大學作了一次全面的體檢，認為大學之發展，遇到了制度性的瓶頸，因此提出了一系列的相應的改制建議，小組相信這些建議是最符合大學(包括書院)的整體利益的。但遺憾的是，不但工作小組的報告書不能贏得高度共識，連工作小組的工作亦受到不很同情的質疑，身為工作小組主席的余英時先生更承受了許多委屈。工作小組在最後的一次聚會中，大家並沒有特別的輕鬆之感，只覺得「我們已做了應該做的事」。工作小組結束後，余英時先生返美，我亦去了英國劍橋。不久，為中大改制，港督成立了第二個富爾敦委員會。我事後知道，富爾敦委員會採

用了不少工作小組的論述與建議。大家知道，富爾敦老先生是香港中文大學的催生人，他晚年一心一意想做的一件事，就是要使中大成為一間香港人可以自豪的偉大學府。事實上，富爾敦勳爵的第二個報告書為中大此後數十年的巨大發展奠立了制度的基礎。一九七五年我在劍橋時，富爾敦老先生曾邀我在倫敦上議院極有格調的餐室長談，記憶所及，他幾乎忘記了用餐，他所思、所想、所談者無一離開大學與書院的話題，他有定見，很執著，但顯然他努力避免偏執。這位英國老教育家仙去已多年，香港中文大學與富爾敦勳爵的名字是分不開的，他的名字已鑴刻在中大巍巍聳立的山岩上了。

三

接任院長後，第一件重要的工作是組成書院的治理機制。在一九七六年的大學法案(條例)下，書院的治理型態有了一全新的設計，之前書院行政負責人稱校長，在新制下，改稱院長。中文大學原有四個校長，現在只有一個校長了。過去書院的校長下有三長(教務長，輔導長及總務長)，構成一個不小的行政隊伍，在新制下，行政大幅精簡。依新制，在書院校董會下設有一個院務委員會，英文叫College Assembly of Fellows，這是書院治理的核心機制。無疑的，它有牛津、劍橋的書院的影子。這個治理模式，可以說是Fellows治院，院長最重要的職能便是院務委員會

的當然主席。我任院長之初，感到最快意的事就是不到一個多月的時間就組成了一個由二十五位Fellow構成的院務委員會。Fellow是無薪給的，沒有任何物質上的酬勞，他（她）們都是大學的專任教師或職員，他們之願意擔任書院的Fellow，全出於對書院的感情和信念。這二十五位Fellows很代表性地反映了新亞老師的專業分佈，文學院的有饒宗頤、孫國棟、唐端正、李杜、孫述宇、譚汝謙、屈志仁、高美慶、劉國松、袁鶴翔十位先生；理學院的有趙傳纓、徐培深、朱明綸、麥松威、何顯雄五位先生，社會科學院的有林聰標、喬健、鄭東榮、梁作燊、黃維忠五位先生；商學院方面有閔建蜀、王啓安、鄧東濱三位先生，還有大學行政部門的陳佐舜先生，以及雅禮協會代表史伯明博士，這是一個有強盛學術力的陣容，可謂濟濟多士。不僅如此，院務委員會之下，還設有十個專職委員會，即學生為本教學委員會、通識教育委員會、出版委員會、獎助學金委員會、學生事務委員會、社會關係委員會、校園文化生活委員會、學生宿舍委員會、體育委員會、餐廳管理委員會。所有Fellow都分屬到二個以上的專職委員會。專職委員會成員除Fellow外，還有約三十多位新亞其他的教職員與學生，所以直接參與到新亞院政的教職員不下五十人之數。書院這種治理型態，如必欲有一名之，則可名之「共和國型態」。我自一九七〇年到新亞，專心於社會學之教研，除本系教師外，與新亞的教職員同仁，過從

不多，說得上相知相識的更少。但自任院長以來，我與本院Fellows及許多其他教職同仁，因有甚多機會一同論事，一起做事，真正變成了互信互重的同事，有的更成為相濡以沫的朋友。院長八年任內，真有不少同仁對書院固盡心盡力，對我個人亦相持有加。院務主任張端友、院長室秘書鄧陳煥賢更是不辭辛勞，助我最多。歷任輔導長譚汝謙、陳廣渝、皇甫河旺、王于漸諸兄，在他們任內(各約二年)與我幾不隔日即見面，所談所關心的的都是新亞學生事務。講到底，書院重中之重的功能是為莘莘學子提供一成德成才的學習環境。大學「學科為本」的教學顯然側重同學智性之發展，書院「學生為本」的教學則毋寧更於「全人教育」上着眼着力。在香港的大學中，惟中大有書院。書院制是中大之特色，但書院存在之理由必須體現於它在大學之教育中有「增值」之能量。這是為甚麼新亞院務會之下十個專職委員會中有八個是關於新亞學生之生活教育的。我自己就兼了「學生為本教學委員會」主席之職，並且與其他教師一起擔起「學生為本」的課程。一年二學期，我每週或隔週與十位同學上課一次。討論的固然是學術上的問題，但有時也涉及人生與生活之事。這是雙向式的談說，是個人與個人的晤對。我在中大教書三十餘年，除了研究生課之外，盡多是大班，很少與同學有如此晤對談說的機會；多年之後與這些同學見面，每每有快樂的回憶。

四

> 新亞書院之出現於海隅香江，實是中國文化一大因緣之
> 事。一九四九年，幾個流亡的讀書人，有感於中國文化
> 風雨飄搖，不絕如縷，遂有承繼中華傳統，發揚中國文
> 化之大願，緣此而有新亞書院的誕生。老師宿儒雖顛沛
> 困頓而著述不停，師生相濡以沫，絃歌不輟而文風蔚
> 然，新亞卒成為海內外中國文化之重鎮。

上面所引是我今年六月應中文大學出版社之邀，為慶
賀新亞書院創校六十周年，出版「錢賓四先生學術文化講
座」系列所寫「總序」的開頭幾句話。新亞自始是一個學
人團體，在錢穆、唐君毅、張丕介諸先生蓽路藍縷苦心經
營下，卒能在香港這塊英屬殖民城市名世卓立。而新亞
之所以享譽海內外者，則在其維護與發揚中國文化上之功
業。我有緣出任新亞院長，覺得新亞未來之發展，途有多
趨，但歸根結底，總以激揚學術風氣，樹立文化風格為首
要。因此我與同仁決意推動一些長期性的學術文化計劃，
其中以設立與中國文化特別有關之「學術講座」為重要目
標。我們覺得在中國文化的研究上，東海、南海、西海、
北海，都有成就卓越之學人。我們每年邀請傑出之學人川
流來新亞講學，年復一年，永續無斷。這樣新亞師生均有
論道問學之樂，豈不美哉？最後，新亞院務會決定把這個

世界性的學術講座定名為「錢賓四先生學術文化講座」，並請錢先生為講座首講人。蓋一者為感念賓四先生創建新亞之德，再者想借錢先生學術之重望，增加講座之號召力，三者是新亞在校師生十分想見見這位新亞老校長的講座丰采。

一九七七年夏，我飛臺灣，到臺北士林外雙溪素書樓拜訪賓四先生，陳明一切，這是我與賓四先生初次相識，他已是逾八之人，但思慮澄澈，善於講，亦善於聽。他使我有一見如故之感，臨別，賓四先生說：「我們有緣。」之後，新亞即發起講座基金之籌募。此消息一經公布，立即受到新亞師生、校友以及大學內外友好的熱烈反應。我收到的第一張支票是校友董喜陞先生寄來的，從他身上，我看到校友對母校的深情，我與喜陞兄自此結交已逾三十年了。募捐的事，特別令我難忘的是，輔導長譚汝謙兄動員了新亞國樂會於當年十一月在香港大會堂舉辦的籌款演奏會。新亞國樂會同學在汝謙兄的輔導下，事前勤操勤練。演奏當晚，士氣高昂，真是叫好又叫座。新組成的新亞校董會(陶學祁先生與唐翔千先生分別為校董會主席及副主席)的董事先生也都慷慨認捐，令人感念的是本港商界二位隱名人士得悉新亞的講座計劃時，即遣人送來捐款，就這樣，新亞講座得以提前一年開始。

一九七八年十月十一日，錢賓四先生在夫人胡美琦女士陪同下，依年前之約自臺抵港，這時錢先生已八四高

齡，並且於是年春忽患黃斑變性眼疾，已不能看字，且不良於行，但他還是越洋來新亞，以一月之期，分作六次講演，總題是「從中國歷史來看中國民族性及中國文化」。十月十二日，錢先生重踏上闊別多年的新亞講堂，開講的第一日，慕其人、樂其道者，蜂擁而至，教師、學生、校友、香港各界人士千餘人，成為香港一時之文化盛會。錢先生講演時，無書稿，一字一句脫口而出，皆是平日積存胸中之素念。濃郁的無錫蘇州口音，聽眾未必皆能明其所說，但都被他抑揚頓挫，又演又講的講堂丰采所陶醉，像我一樣能夠聽懂錢先生口音的堂下聽眾，真感到是一場豐盛的學術饗宴。

翌年，「錢賓四先生學術文化講座」的主講人是劍橋大學的李約瑟博士，他是世界上研究中國科技史最有成就的大師，錢賓四先生特從臺灣過來與他相會，在新亞雲起軒，我們看到這二位東西方學術巨子，惺惺相惜，相互祝杯的歷史鏡頭。繼李約瑟博士之後，我有幸逐年親迎日本京都大學的小川環樹教授，美國哥倫比亞大學的狄百瑞教授和中國北京大學的朱光潛先生，這幾位在學術文化上有世界聲譽的學者的演講，在新亞，在中大，在香港無不是一次又一次的文化盛會。從錢先生開始，每一位的演講稿都由中大出版社以專書形式出版，李約瑟、狄百瑞的英文稿且由中大出版社分別與哈佛大學出版社、哥倫比亞大學出版社聯同出版。一九八五年我卸任院長之職後，歷屆

院長林聰標、梁秉中、黃乃正三位教授都年復一年繼續把「錢賓四先生學術文化講座」辦得有聲有色，三十年來，已成為新亞的一個傳統，相信賓四先生地下有知，必感欣慰也。當年賓四先生就稱許此一講座計劃是一「偉大之構想」，他在自己作完講座之後曾說：「此下逐年規劃，按期有人來賡續此講座，焉知不蔚成巨觀，乃與新亞同踏於日新又新，而有無量之前途。」

五

一九七八年成立「錢賓四先生學術文化講座」後，我心中就有一個想念，講座之設立，可以邀請各國大學之學人到訪新亞，以此我們可以與世界相通相接，自是一件樂事。但講座可以邀請的學人究竟太少，並且是單方向的，也即只有外地學者來訪，而沒有新亞的學者外訪。古人云，讀萬卷書，行萬里路。學者之外訪，實可以與各地大學之學人作學術之交流，思想的激盪。其實西方中古大學之世界精神，正有賴學人之相互訪問以展現。故我十分希望新亞能成立一個訪問學人的計劃，我的想念也得到院務會同仁的認同。當然，我所思慮的是如何籌措這筆經費。坦白說，我來香港不久，在工商界並沒有足夠的人脈。院長室秘書陳煥賢女士一日交給我一份資料，說近三年來，一位龔雪因先生一直默默在支持新亞。龔先生是香港江浙籍的一位很有聲譽的股商，建議我去登門致謝，並跟

他說說新亞訪問學人的計劃。一九八〇年九月十一日，我在中環一幢大樓中拜訪了龔老先生，龔老由他千金陪同見我。龔老清瘦，身子稍弱，但精神還好，是一位謙沖儒雅的長者。他聽了我所擬的訪問學人的構想後，很感興趣，並當即表示願意捐出港幣五十萬元作基金，以其孳息支持此一永久性的計劃。龔老說：「我雖非富有，但我還有一點能力對教育文化盡些心意，算不了甚麼！」說實話，我原不敢期待這個新亞訪問學人計劃的基金由龔老一人承捐的。三十年前，五十萬元雖不能為新亞建大樓，但卻夠新亞推動一項有意義的學術計劃。為了感念龔老對新亞的厚情，我事後在港、臺二地報章發表了〈大學的世界精神：為「新亞書院龔雪因先生訪問學人計劃」之成立而寫〉一文。我知道，龔老為人低調，他甚至不想這個訪問學人計劃以他之名命名的。

在新亞的一段歲月中，我有幸結識好幾位工商界的有識之士，其中蔡明裕先生我更引為平生知己。蔡先生是日本籍的臺灣商業奇才，他是我所知唯一成為日本籍而特准保留中國姓名的臺灣人。蔡先生是我臺灣大學校友張炳煌兄（日本名為長原彰弘）介紹認識的。炳煌兄當時是蔡先生在香港業務的代表，深受蔡先生之器重與信賴。他與蔡先生都是臺大畢業，都是日本的留學生，二人也都是財務金融的高才。蔡先生知我是臺大校友，並且很看重新亞書院，他跟炳煌兄表示過很有心為新亞盡點力。一九八〇

年夏，我應邀到日本筑波大學出席人類價值觀的國際會議，我就準備趁此機會拜訪蔡明裕先生。想不到蔡先生聞悉我在筑波，竟不辭勞遠，從東京驅車到筑波接我到東京的帝國大飯店，往返六小時有多。當晚，我與蔡先生有一次十分愉快的談話，雖然素昧平生，但一見如久別的好友。予我印象深刻難忘者，是他對文化與教育的廣泛興趣與熱心，早在二十年前，他就在臺北與東京二地設立「明裕文化基金」，資助推展教育與文化事業。最使人感到鼓舞的則是他對我一些學術教育的構想和設立新亞書院基金的願景的積極反應。返港後，我即根據當時提出的構想和願景，諮詢了院內同仁，草擬了一份具體的計劃書，寄去日本。一九八一年歲末，蔡先生到美國、瑞士、盧森堡等地視察他所屬的金融業務，當他抵達香港一站時，即邀我在他下榻的文華酒店晤面，並向我表示：「賺錢或許不易，但用錢更難，我看過你的計劃，非常贊成。我已準備不久在香港成立明裕文化基金會，本取諸於社會，用之於社會的原則，我決定捐出美金一百萬作為基金，每年以其孳息贊助推動新亞書院的學術文化計劃。」我記得，蔡先生隨即叫了一瓶香檳酒，並對我舉杯說：「金先生，我祝賀你，也謝謝你。」此後，蔡先生每來香港必與張炳煌兄邀我聚宴，聽我說說新亞發展之事。新亞的「明裕基金」的事全是由炳煌兄處理的，炳煌兄現今為新亞校董會的董事，他一如蔡先生生前一樣，對新亞熱心支持。我對蔡先

生從無任何謝答，他是一卓越之士，新亞明裕基金之設立，正是為協助新亞對卓越之追求，故我曾於一九八二年寫〈卓越之追求：蔡明裕先生為新亞設立基金有感〉一文刊於報章，該文後收入我《大學之理念》一書。我的書一日有人讀，便更有人知蔡明裕先生其人其德。

六

一九七三年，新亞書院搬到沙田馬料水新址，居於山之巔，在中大美麗校園中最得山水之勝，馬鞍山之雄奇，八仙嶺之玄美，吐露港之清麗，盡在眼底，地居新亞最高位置的二座學生宿舍——「知行樓」與「學思樓」，傍山臨海，更有新亞校歌「山巖巖，海深深」的意趣。

記得有一次，港督麥理浩來中大，我陪他參觀新亞，他特別對學生宿舍表示興趣，對「知行樓」與「學思樓」宿生更稱羨不已。我說新亞宿舍美則美矣，但有太多同學無法入住，我的意思當然是希望港府能為中大提供更多的學生宿舍，他表示很理解，但他說中大比港大在這方面好多了。麥理浩這位外交官出身的港督，是一位為香港做了許多實事的人，香港的大規模的公屋政策是他開始的，廉政公署是他設立的，地鐵也是他任內建造的。他是把香港由一典型殖民城市轉向國際都會的港督。也許因為我在一九七四年發表〈行政吸納政治：香港的政治模式〉一文（先在港大一國際會議中宣讀，後在加州大學出版的 *Asian*

*Survey*發表），港府的姬達爵士先後邀請我擔任廉政公署、法律改革委員會等諮議性工作，我還開過玩笑地說：「我自己也被港府『吸納』」了。」說真話，我還真覺得香港政府懂得不花錢找人做事呢！記得我任院長後不久，院長室秘書陳煥賢告訴我，港督府來電話，港督約見面，但未說明何事。其實，不完全出乎我的預料，麥理浩校監（我與他見面時是以他校監身份稱呼他的）在港督府見我，當面鄭重邀請我出任立法局議員，我當即胸有成竹地婉辭。他說「港大黃麗松校長都任立法局議員，你為何不能擔任呢？」我表示我是中大社會學系專任教師，工作很重，現又兼任新亞院長之職，實在沒有時間與精力再來兼任立法局議員這樣重的工作了。我說的是實話，中大社會學系的教學與研究工作，我不能也不願停棄，而今又接了新亞這份重任，自覺已無餘力他顧了。無論如何，校監麥理浩港督的諒解，我是很心感的。港督府的秘書對我說：「沒有人拒絕港督的邀請的。」這件事埋藏了很多年了，因為寫新亞那段歲月，我又憶起了。

七

新亞學生宿舍不但地處風景佳勝之地，宿舍的內部裝設也頗見心思，同學聚會之公共空間更予人舒坦自在之感。輔導長陳廣渝兄與宿舍委員會主席王啟安博士好幾次陪我與不同宿舍的同學作定期的夜談。同學是自由參加

的，甚麼事都可談，可問，記憶中似乎並沒有遇到甚麼傷腦煩心的問題。師生無拘無束的夜談大都在歡愉的笑聲中結束。步出宿舍，常能享受到山頭的月色，白天的疲累也給高處的清風吹散了。到今天，有時遇到不期而遇自稱是新亞學生的人，我沒有教過他(她)們，原來是與我在新亞宿舍有過夜談的同學。

正是新亞學生宿舍給了我一個想念，我覺得新亞的教職同仁也須有個大家想去坐坐、想去聊聊的地方。劍橋書院的院士休息室與院士餐廳是我在劍橋時最喜歡去喝酒用餐的去處，在那裏，不時能遇上有學有識，言語有味的人。真的，書院之吸引人處便是不同專業的學人經常可以在一起談天說地，不經意處，常有禪機。新亞藏龍臥虎，盡多博學多材之士，但都忙於專業，與專業以外的同仁鮮少接觸，見面亦止於點頭之交，這多少與書院缺少一個大家樂於聚聚的場所有關。院務室的張端友主任與程平兄很快認定樂群館地下的三個房間，這原來是為教職員活動用的，但空空洞洞，乏人問津，若加整修，景況便會改變。不過整修需錢，大學的公款是不能用的，向外界捐錢，亦不好開口，新亞校董會的陶學祁主席知悉後，即一口應承，費用一概由校董認數。新亞校董會在我任職院長期間，對新亞的發展，總給我支持與配合。這是我十分感激的。裝修完成後，確是耳目一新，華麗是沒有的，清雅典莊，自有一種人文氛圍，向海的落地玻璃窗，所展現的不

止是一窗綠意，還可看到遠山白雲的舒卷。當年新亞最稱老師的饒公宗頤先生為這個新亞同仁息游論道的處所題寫了「雲起軒」三字，他的書法為雲起軒增添了許多書趣墨香。自雲起軒啓用後，很自然地成為新亞同仁三三五五，擺龍門陣的地方，午餐時候更是「客如雲來」。原來新亞的飲食史專家逯耀東兄調教了工人朋友做出了逯氏特味的牛肉麵，吃過一次的人，沒有不想再次光臨的。

校園文化委員會的喬健、金聖華等幾位教授，最肯用心思，經常在「雲起軒」舉辦各種文化性的活動。新亞講座（錢賓四先生講座，明裕基金講座）學人或龔雪因訪問學人來院，「雲起軒」都有酒會或宴會，與本院學人晤聚一室，歡談無礙，四海一家，誠是一樂。回想起來，「雲起軒」中活動，新亞同仁最樂於參與，最感興趣的是每月一次的「晚餐聚談」，可以邀同仁，可以邀家眷，也可約知己友好或同學參加，費用不多。「雲起軒」的自助餐，固無山珍海味，卻大有可口者，酒非名牌，也絕不是廉價味。每次晚餐聚談，必有一位院外嘉賓講話，講畢，同仁或發問，或自作高論，自在自得，賓主皆歡。早年，徐東濱、金庸、楊振寧、余光中等許多先生都做過聚談的嘉賓。每次嘉賓講話前，不例外地，我會作五分鐘介紹嘉賓的「開場白」。不少與會友朋，對我的「開場白」頗有偏愛，還曾建議我結集出版，但我的說話，只有一張小小Notes，許多話都是臨場說的。總之，我覺得晚餐聚談，

不可太嚴肅，必須輕鬆不設防，講重一些，講輕一些，皆無不可。唯獨不能講「套話」，更不要有「擺學問」的姿態，否則就無「聚談」之樂了。哲學系教授劉述先兄是經常參與晚餐聚談者之一，他告訴我有大陸來過新亞訪問的學者，對「雲起軒」的文化活動，十分欣羨，還著文把「雲起軒」寫成談笑有鴻儒，往來無白丁，是一個可以思，可以遊，可以吃到「逯耀東麵」的佳勝之地。「雲起軒」的名字真是不自揚而遠播了。

八

懷憶新亞那段歲月，我不由不記寫院務會之下所設的「出版委員會」和「體育委員會」的一些人和事。新亞是一個學人團體，新亞創校以來，新亞的先輩學人無不以著述名世，一九六三年，新亞成為中大的成員書院後，新亞教師教學之外，亦以研究為重。理學院同仁多以英文在國際學刊發表。但中大畢竟中、英並舉，新亞更以發揚中國文化為使命，自需珍視中文之著述，這也是所以有「出版委員會」之設立，擔任這個委員會主席的是與新亞有長久歷史淵源的孫述宇教授。孫教授畢業於新亞，是耶魯大學文學博士，對《金瓶梅》、《水滸傳》之研究最有聲名。在他主持下，定期出版的「新亞學術集刊」份量很重，很能代表那個年代新亞人文學者的研究興趣。孫述宇兄為人沉默少言，處事認真，在我八年院長任內，對我個

左起：金耀基教授、錢穆先生、高錕校長、林聰標教授

人加持甚多；我不在香港時間，多次由他代理院長，甚著辛勞，我內心是很感激的。也許孫述宇兄不完全知道，我一九七七年之所以承擔起新亞院長之重任，與他跟我的一次談話是有關的。一九七六年，大學改制的新法案在立法局通過後，大學李卓敏校長約我見面，並表示希望我接任新亞書院院長。那時，我從劍橋回來不久，李校長特別對我說，他從我寫劍橋的文章中知我對劍橋書院的喜愛。他說我應該並且也能夠對新制下的新亞書院有所貢獻。李校長是一個極有說服力的人，但我當時未能同意，我是有猶豫的。是時新亞當局與大學之間的對立是很公開化的，我實在還依戀在劍橋那種雲淡風清，沒有任何行政煩心的生活。就在這個時刻，孫述宇兄與我有一次嚴肅的談話，他對新亞未來的關心是很明顯的，他表示希望我接下新亞的擔子，他認為當時我是唯一能夠與大學保持正常溝通的人。孫述宇兄的話多少影響我做了一次關乎我生涯的決定。

「體育委員會」主席林聰標兄是位傑出的經濟學者。他是我臺大的後期同學，獲德國弗萊堡大學博士學位後，即來新亞執教。聰標兄風度翩翩，文武兼得，是網球好手，健談，有人緣，毫無搞小圈子習性，這是我十分欣賞的。「體育委員會」在他領導下，做得很有生氣。他不止重視同學的體育，也關心同仁的健康。新亞同學書讀得好，運動也很了得，有不少且是體場健兒，在院際競賽

左起：梁秉中教授、林聰標教授、金耀基教授、李金鐘校友

中，時有出色表現，讓我這個院長面有光彩。吳思儉先生
安排的慶功宴是我從不缺席的。聰標兄也為新亞同仁年年
舉辦多項比賽，我喜愛網球，常與輔導長皇甫河旺做雙打
拍檔，皇甫兄揮球有勁，落點刁鑽，技藝不凡，我則網前
堵截，眼快手重，自詡是霹靂手法，我們二人不止一次從
林聰標主席手中接過雙打冠軍杯。

　　林聰標兄是我一九七〇年到新亞後最早結識的同事
之一。我們第一次是二家人在九龍慶相逢酒家不期碰面
的，此後間有往來，自我任院長後，見面多了，認識亦深

了。中大經濟學系在他主持下，踵年增華，聲名日重。一九八五年我決定卸下新亞院長之職，並接受了德國海德堡大學訪問教授的聘約。因此，我曾以個人身份鼓勵林聰標兄接下院長擔子，我還半開玩笑地跟他說，院長工作或許很辛勞，但做新亞院長都會長壽，我舉錢賓四、吳俊昇、沈亦珍、梅貽寶、全漢昇幾位前任院長為例，當時，我還說余英時先生和我自己都不算年長，但做過新亞院長，也必長壽！聰標兄為人積極樂觀，到新亞比我還早好多年，對新亞有深厚感情，終於在眾望所歸下，被選為院長，他一做做了七年，並且做得有聲有色，院長任滿，聰標兄已近六十退休之年，未幾即為臺灣中正大學禮聘回返家鄉，再展身手，新亞友好都期待他有一個精彩的第二度學術生涯，但萬萬想不到的是，二年之後他竟以腦瘤去世，這真是天妒英才呵！聰標兄的一生可說都奉獻於中大新亞，我對他這位是同事又是朋友的新亞人有很深的懷念。

九

上面寫一九七七到一九八五我擔任新亞書院院長八年歲月的點滴，距今已是二、三十年前的事了。三十年來，新亞日新又新，精進不已，中文大學已躍居世界大學的前列地位。二、三十年前畢業的同學在各行各業嶄露頭角，成為香港社會之骨幹棟樑。今逢新亞創校六十周年，感

奮之情，油然而生，惟展看當年新亞的教職員名冊，心頭不免又有一番滋味。所有昔時與我共事的人，除三五人之外，都已退休，離任，全不在新亞了，院務委員會中六位Fellow且已離世長去，健存者或在異鄉，或留香港，亦多不復有當年的風華身影了。我任新亞院長時尚在盛年，而今鬢髮飛霜，已是「古稀今不稀之年」後又五年矣！歲月如馳，不欲老得乎！年前，孫國棟先生隻身自美返港，居於新亞「知行樓」宿舍之一室，這位逾八之年的老學者是新亞首屆畢業生，畢業後即一直在母校教書、著述、做事，他是最能體味新亞「奮進一甲子」「多情六十年」的一位新亞人。如今他在「知行樓」前，「天人合一亭」畔（亭在「知行」「學思」二個男女宿舍之間，梁秉中院長任內建造，是中大最高最美的風景點），晨昏都能看到年復一年猶如春燕去來的青春學子。我相信國棟老哥會同意我所說：新亞人會老去，新亞青春長永。

二〇〇九年九月十一日

III

沒有「沒有傳統的現代化」

何懷碩《藝術‧文學‧人生》序

一　文、畫、人

　　我最先接觸到的是何懷碩先生的文，其次是他的畫，最後是他的人，讀其文不必能想見其畫，觀其畫也不必能如睹其人。何懷碩的文剛健亢爽，富雄辯之理趣；他的畫荒寒蒼鬱，予人苦澀的壓迫感，而其人則謙沖有度，不像他文章那般凌厲，也不似他畫那樣沉冷。我與何懷碩只見過三數面，但交談中都不期然涉及到中國文化的方向問題上去。我發現他對現代中國文化所面臨的挑戰有很敏感和細致的體認，他對中國傳統的熱情，對中國現代化的信念，都給我深刻的印象。

　　何懷碩是當代中國一位「獨闢蹊徑」、「與眾不同的」的畫家(梁實秋先生語)，他的畫被認為比傅抱石「更具深度」(葉公超先生語)，他在中國水墨畫家中，是「關鍵性的人物之一」(林惺岳先生語)。不錯，何懷碩是一畫家、是一極嚴肅而有原創力的畫家。在作畫時，他孤往直注，不眠不休。他的畫辛苦經營，每一幅都有新造境，獨特的意象。何懷碩的畫無疑是植根於深厚之傳統的，但的

的確確又是具現代的精神風格，超拔於傳統之外的。何懷碩作畫的生命正長，他必能在今日的成就上繼續向上攀升，他在畫史上能佔一重要席位是可以預期的。但是何懷碩卻不止是一畫家，作畫只是他的「專業」而已，他還有作畫以外的「通業」。這個通業，還不是他的畫論。他的畫論「自成一家」，受到梁實秋、夏志清、余光中諸先生的推許，何懷碩對中國繪畫傳統的輝煌成就與局限性的分析，對古今畫家成敗得失的批解，每每能獨具隻眼，言人所未言。好，好在哪裏，壞，壞在何處，他一一予以正面的交待，一點也不含糊，你可以不同意他的評斷，但你不能迴避他的論點。畫論與作畫是何懷碩繪畫的理論與實踐的一事兩面，而統攝二者的則是他對繪畫的「觀念」。在《苦澀的美感》序中，他說：

> 創作與理論最終的根極是觀念。前者是觀念的感性形式，後者是觀念的邏輯形式……繪畫創作的造型，便是觀念的感性形式，我的理論文字便是感性形式的理論信念。

　　何懷碩畫論之所以入木三分，不蹈空，不浮飾，實得力於他自己的實踐經驗，而他的畫之所以有內涵，有思想性，也源於他的繪畫理論，以及背後的「觀念」。這也許是何懷碩的畫所以很少，或沒有是「妙手天成」的感興之作。而多是慘淡經營，艱難得之的。

何懷碩的「通業」是在作畫與畫論之外，也即是他事事關心的「知識分子」的文字事業。在我看，何懷碩的自我形象不止是一個專業性的畫家，而毋寧更是一個關心天下事的知識分子。梵高之在他心中佔無限崇高的地位，不純因梵高的繪畫成就，而更是梵高之不屈的靈魂，赤子之心以及其人道主義。林懷民之贏得他的讚美，也不僅是「雲門」的純粹藝術，而更在「雲門表現了具有知識分子時代使命感的色彩」。從一九六四年到現在，何懷碩已寫了幾十萬字，先後出了《苦澀的美感》，《十年燈》，《域外郵稿》和現在這本《藝術、文學、人生》四書。在這四本書中，都有他的畫論，但至少有一半以上是與他的「專業」風馬牛不相及的。有時，不能不使人懷疑他是個雜文家，社會評論家；不能不使人覺得他太愛管閑事，太不務「正業」，許多友人至少會像夏志清先生那樣有一種遺憾，遺憾他對太多問題去操心，以致不能專業從事繪畫和文藝評論的寫作。但是，我看夏先生要他像羅斯金(John Ruskin)那樣去潛心從事「現代畫家」的寫作的期望雖不致完全落空，但決不能阻止他繼續去寫「雜」文、「時」文，繼續去對紛雜的社會文化問題操心。何懷碩根本就是以知識分子或「現代的士」作為自我認同的第一對象的。他是一個不可救藥的事事關心者。不過，就這本《藝術、文學、人生》來說：何懷碩所涉及的問題似乎已經不太雜，而他的「關心」已比較有所選擇了。這本書雖

然討論到藝術、語文、文學與人生各層面，但其中卻有一條明顯的主線貫穿全書，那就是他對中國現代化，特別是中國繪畫藝術的現代化的關心與思考。其實，這是他作為一個畫家，一個知識分子的主要志業。

二　傳統、西化、現代化

何懷碩對西方現代主義藝術的批判是很不留情的，他認為「現代藝術」是「極端個人主義無意識的嘶叫與嘔吐」，是「現代心靈的污染」，他把這種藝術冷刺為「文明的雜耍」，「癡狂者的自瀆」。由於他對現代藝術這樣辛辣的譏刺與鞭撻；他常被描述成一個反對西方藝術的畫家。我們可以不同意他對現代藝術的評價，卻不能說他是一個反西方主義者。他之抨擊「現代主義」，最多表示他對西方流行的時潮之反感。何懷碩確是一個「古典主義」的愛好者(見何著《苦澀的美感》中《古典的懷念》一文)。從全面的藝術觀與文化觀來審察：何懷碩絕不是一個反西方藝術與文化的人。他不但不反，而且極力主張吸收。他直認西方的古典雕刻是「全人類的藝術遺產」。他把梵高尊為「藝術家最高潔的典型」，這都足以說明他對西方沒有絲毫排斥的意思，因他相信「民族性」與「世界性」不是不能統一的(見《論典型》)。其實，何懷碩最看不起，最不能容忍的是那種基於認知上的缺陷和意理上處於蒙昧狀況的仇外、排外的反西方論調。他對西方的

立場，決不是廉價的籠統地反或籠統地收。文化上、藝術上的義和團和買辦思想是他真正要抨擊的對象。他的基本態度是「批判」。批判是一種冷靜的理性的抉擇。批判態度，不止對西方如此，對傳統也是一樣。所以，他痛擊存在於藝術界的對立的兩個極端──「盲目西化與倒退泥古」；他也痛擊存在於中文上的兩個動向──「倒退復古與惡性歐化」。他是以中國文化與藝術為出發點、為本位的；他是寶愛傳統的，他以為傳統是一無窮的寶藏，但是，他也絕不是一個盲目的傳統的擁抱者。何懷碩不以為傳統可以不經批判地接受，他抨擊那些「變質的傳統」不下於他之抨擊那些「變質的歐化」；他重視「保守」，猶之於他的重視革新。

他對傳統與西方的態度是：

> 既要發展傳統，又要掙脫傳統的繮索；既要借鑒西方，又要批判西方「現代主義」。開拓新路者自無可「追隨」；不甘追隨自須尋索、憧憬。對於當代中國人來說：堅持民族藝術的本質，實在是一種艱苦卓絕的理想主義。

總之，何懷碩對傳統與兩方所持的態度是理性的「批判」。這一態度可以說是五四（廣義的五四）後期的知識分子繼承了五四而又超越了五四的理性精神。也即是一方面繼承了五四「批判」傳統主義的精神，一方面又批判「變

質的五四」所造成的「盲目的」西化與盲目的反傳統主義。這個「雙重的批判」精神，我們認為應該是五四後期從事中國現代化運動的知識分子的健實態度。但是，我們看到五四以來，中國文化界的風尚還流行着一種何懷碩所指出的蒙昧的文化兩極觀，而最令人感到隱憂的尤在於一股順「變質的五四」的「單反意識」(即反民族傳統)而擴張成的文化上的「兩反意識」，即不止反民族傳統，也反西方文化。任何有反省與批判智慧的人都會同意，文化上的「兩反意識」是中國文化發展上的嚴重病態心理。這種病態在中國大陸的「文化大革命」時期可説達到白熱化的癲瘋境地。「文革」在一個極狹隘的馬列的極左義理框框的指導下，凡一切傳統的皆以「封建主義」之惡名加以釘死；凡一切西方的皆以「資本主義」、「洋奴」、「買辦」之惡名加以污蔑、打倒。造成教條主義和獨斷意識下「一花獨放」的文化窒息。其結果是中國文化的大浩劫。使中國文化陷入極端貧乏與虛脱的「亡天下」的悲境。「文化大革命」的教訓是很清楚的。它不止是對中國大陸，也對任何社會有惕勵作用。在終極上説，文化的建立不能靠反；單單地反只會走上虛無與破壞。而盲目的、或從特定的意理框框(不論屬於馬列的或非馬列的商標)來反民族傳統、反西方更只會帶給中國社會以災禍。何懷碩相信「傳統—現代」「民族—世界」是相對而統一的(見何著《十年燈》中《傳統—現代；民族—世界》一文)。我

們可以説，這相對而統一的境地只有通過理性的批判才能達到(今日反「四人幫」的思想運動卻又有走上另一極端的傾向，即對西方不加批判的接受，而對傳統仍以馬列的意理標準加以割裂與拒斥)。

作為一個畫家，何懷碩主張建立「現代中國藝術」；作為一個知識分子，何懷碩主張中國的現代化。他是從探求中國藝術的出路問題開始，逐漸向前進逼，而發現「研究藝術問題絕不能單純在藝術中求答案，便進而接觸中西文化的問題」而終於認定「現代中國藝術」是「中國藝術的現代化」；並視中國藝術的現代化是中國現代化中的一個環節(見何著《域外郵稿》中《中國藝術的傳統與現代化》一文)。何懷碩顯然把藝術與整個文化的位序關係扣接上去了。從這裏，我們可以找到何懷碩由畫家、藝術評論家的角色，步步擴大為關心文化「通業」的知識分子的角色的自覺的過程；也可以找到何以他的畫論具有思想性、他的畫論與現代化理論緊密湊拍的原因。

三　苦者無悲觀的權利

擺在中國現代化的知識分子的面前，不是一條平坦的道路。這一點何懷碩是有銘心刻骨的體認的。實際上，這是「艱難苦澀的歷程」，他們不像傳統主義者，可以心安理得地依附在傳統上；也不像盲目的西化論者，可以無所思考地作「橫的移植」，更不像反民族傳統與反西方主義

者，可以了無忌憚地把理性、責任拋到九霄之外。中國現代化者一面不肯對西方認同；而又要批判地加以吸引；一面要對傳統再認，而又要掙脫傳統的繮索。他們這樣做，顯然是吃力不討好的；他們的遭遇用余光中論何懷碩的話來說，是「背腹受敵、艱苦異常」（《苦澀的美感》序），是「承受加倍的孤獨」。但是，基於理性與責任的肯定與承擔，他們必須這樣做。要忠於中國的過去、忠於中國的將來，他們也必須這樣做。他們的處境無疑是艱難的、苦澀的。我不知多少人曾注意到何懷碩是一位具有強烈的「苦者」意識的人。他所追求的是「苦澀的美感」，他的英雄梵高的藝術在他眼中是「在痛苦中完成」的，他更信「天下無人不是受苦者」。但何懷碩不是一個苦的退怯者，而是一位苦的戰鬥者。羅曼羅蘭的名言「受苦者沒有悲觀的權利」成為他的信念。的確，何懷碩對於中國現代化，特別是中國藝術現代化的前途是一點也不悲觀的。

何懷碩對中國藝術現化化的方向的信念，是痛苦中逐漸煉驗起來的；這個信念在他四年域外的觀摩省察後，越發堅定。他在一九七八年歸國畫展自序中說：

> 這個方向，簡單地說，從中國藝術傳統出發，堅持中國文化的人文主義精神；借鑒西方藝術，批判地吸收，以建設現代中國藝術。這個方向與中國文化現代化的大方向一致；中國藝術家不能自外於這個歷史使命。

同時，他寫了《傳統的再認》一文，他說：

> 我們要相信偉大的傳統中許多瑰寶，仍然是我們建設現
> 代中國畫的源頭活水。我們如果對傳統沒有深入的、正
> 確的認識，空喊中國精神的回歸，沾一點東方玄學曖昧
> 皮相的邊，不知道中國傳統有許多實實在在的東西，還
> 是根本沒有希望。而且在西方現代主義藝術的衝擊之
> 下，因為沒有主見，沒有定力，便只好成為「俘虜」，
> 實在還歸咎於我們對傳統的缺乏認識。

他又說：

> 我認為真正具有世界性的藝術，絕不誕生在民族藝術貧乏
> 頹萎的地方，而必是誕生在民族藝術繁榮苗壯的土壤上。

我覺得何懷碩主張藝術現代化要「從中國藝術傳統出
發」、要作「傳統的再認」、要把「世界性」建立於「民
族性」上都是極有見地的。這種精神對於五四後期的知識
分子是有必要的；而在西方文化大量或一面倒入(臺灣與
內地；特別是後者)的今天，更見重要，傳統對中國現代
化的意義與作用，長期以來是被忽略，誤解了的。允許我
抄錄幾段我以前在《歷代智慧的發掘與繼承》一文中對這
個問題的看法：

中國現代化要有歷史的厚度與深度，就必須向歷史之文化的大根，就不能不自傳統的富藏汲取智慧，而中國古典智慧之回歸與運用，其目的也正在使中國現代化在不斷發展的過程中，能作更理性的選擇，走上更合乎中國需要的途徑。但是，中國文化復興是十分艱辛的工作，它可說是一重新建構歷史傳統，特別是一復蘇、發掘和普及古典智慧的浩大「工程」。

今人如果對歷史文化採取虛無主義的態度，那麼，我們就好像站在一平面的荒原上，沒有依憑，沒有靈源，我們的創造力是必然單薄而有限的。

我完全同意何懷碩的看法，中國的現代化，不能不從歷史傳統出發；不能不從古典傳統中汲取靈源。在理論上、在經驗上，我們都不可、也不能鏟除傳統，在文化的零點上做現代化的創造。現代化有多種，但決沒有「沒有傳統的現代化」！背負傳統、對傳統有嚴肅敬意而又追求現代化的何懷碩必會更瞭解我所說的沒有「沒有傳統的現代化」的意思！

一九七九年三月三日

人間畫家第一人 —— 豐子愷

一

　　二十世紀中國，豐子愷(1898–1975)是最人間性的畫家。他的畫畫出了人間相、人間味、人間情。豐子愷的畫是「人間畫」，他是中國人間畫家第一人。

　　豐子愷生於清末，逝世於二十世紀七十年代，經歷了中國古典農業文明向現代工業文明轉型的前半期，更涉身於中國傳統文化向新文化急速翻湧的大潮中，所以他的畫展顯的不止有傳統中國畫的精髓，更為中國畫開出了新面貌、新風格。最突出的是他充滿古趣的畫中人物都穿上了現代人的衣裝，有的畫的題署直接用上了英文如「My Sweet Home」；「Kiss」；「Broken Heart」，這些畫都呈現了中國人間的「現代相」。

二

　　豐子愷是一位有多方面才華的藝術家。他對漫畫、散文、美術與音樂教育以及翻譯都有傑出的成就與貢獻。他是日本古典名著紫式部的《源氏物語》(類比為日本的

《紅樓夢》)的第一位中文翻譯者，他的散文以《緣緣堂隨筆》、《緣緣堂再筆》名世，為同時代的朱自清、朱光潛、巴金、葉聖陶等名家所推崇，郁達夫甚至說他的散文「清幽玄妙，靈達處反遠出在他的畫筆之上。」我個人喜歡豐子愷的散文，更喜歡他的漫畫，相信他的漫畫最為傳世。誠然，豐子愷深厚廣博的人文修養，使他的漫畫在乎淡中見深沉，日常生活的畫中常寄寓人生哲理的隱喻。豐子愷的漫畫不是中國傳統「文人畫」的現代表現，豐子愷的漫畫是中國現代的「人文畫」。

三

　　豐子愷的漫畫最有他個人的面目，是完全「豐子愷味」的，但在他六十年的藝術生命中，中日兩位藝術大師都對他有過不一般的影響。一位是他的恩師和皈依師李叔同，也即是藝術上高華飄舉的弘一大師，豐子愷的人生觀與藝術品格都受到弘一大師的薰染默化。他對弘一終身孺慕不渝，他的《護生畫》集就是與弘一大師合作的。一九四八年，豐子愷到廈門南普陀後山，訪弘一大師故居和他親植的楊柳，作了《今日我來師已去，摩挲楊柳立多時》一畫，師生之情，躍於紙上，另一位對豐子愷漫畫產生了影響的是日本的竹久夢二(1884–1934)。夢二是日本大正浪漫派的畫家，「夢二式美人」風靡一時，他是日本新浮世繪的代表，創造了東洋人物風俗畫。豐子愷上世

紀二十年代初留學扶桑」在一書中看到了竹久夢二的《春之卷》，產生了雙重的「感動」，他說：「夢二的寥寥幾筆，不僅以造型之美感動我的眼，更以詩的意味，感動我的心。」豐子愷與夢二生前未曾有一面之緣，但他與夢二有一世的心靈感通。我觀讀豐子愷的漫畫，特別是以詩詞入畫的精品，固然都是戛戛獨造，匠心獨運，但無一不富有「造型之美」與「詩的意味」，真正達到了「畫中有詩，詩中有畫」的境地，夢二與子愷都是詩人畫家，二人都有一個詩化人生，豐子愷與竹久夢二的邂逅，不能不說是中日繪畫史上的一樁世紀美事。

　　漫畫是五四新文化運動後在中國出現的新「畫種」。豐子愷非必是中國漫畫最早者，但他的漫畫問世後，就為上自大學者、大名士，下到中小學生所接受、歡迎、珍愛(我自己就是少年時看到了豐子愷的漫畫，終身未曾或忘)，豐子愷無疑是中國漫畫的創始與奠基之人。

　　一九二四年，豐子愷二十六歲，日本歸國後畫了一幅《人散後，一鈎新月天如水》，刊載在《我們的七月》雜誌上。發表後，被鄭振鐸看到，有「驚艷」之感，他說：「雖然是疏朗的幾筆墨痕，畫着一道捲上的蘆簾，一個放在廊邊的小桌，桌上是一把壺，幾個杯，天上是一鈎新月，我的情思卻被他帶到一個詩的仙境，我的心上感到一種說不出的美感。」

　　之後，鄭振鐸就向豐子愷要了幾張畫，發表在他主編

的《文學週報》上，並冠以「子愷漫畫」的題頭，子愷漫畫從此聞名於世(見豐陳寶、豐一吟著《爸爸的畫》，三卷，卷一，頁22-23)。也自此，豐子愷的名字與中國漫畫分不開了。豐子愷畫了半個世紀以上的畫，他的畫許多都發表在報章、畫報、月刊與雜誌上，深入到社會各個階層，進入了人間的千家萬戶。在他生時，子愷漫畫無遠勿屆，子愷畫家無人不曉，這是中國畫史上前未之有的。

五

一九七五年，豐子愷七十七歲，他是在文革中逝世的。他一九七一年畫的一幅《沽酒客來風亦醉，賣花人去路還香》卻遭到批判，造反派的人硬說：「這個『花』字，其實是指『畫』。說『賣花人去』表示雖然『我畫家豐子愷被打倒了』，但還是香的。」豐子愷老人聽了，哭笑不得。豐陳寶與豐一吟在《爸爸的畫》中說：「一九七五年爸爸含冤離開了人世，這位賣『畫』人真的『去』了，他的畫卻越來越香了！」

是的，人已仙去，但豐子愷的畫常留人間。豐子愷逝世迄今又已四十三年，他越走得遠，他的身影卻越來越顯得高大。豐子愷的畫已在中國畫史上建立了一座「豐碑」！

匠人讚

趙丹《掇珍集》序

　　第一次與趙普先生見面，是二〇一八年十二月在我北京的書法展上。趙普是應主辦機構(北京榮寶齋與香港集古齋)之邀擔任書法展開幕典禮的特聘司儀。趙普一開口，真是美聲振屋樑，滿座歡動。後來知道他原是中央電視臺之名主播，近年則東奔西走，獻身於工匠藝術之發掘與傳播。書法展後晤聚，如遇故人。

　　二〇一九年初，集古齋的趙東曉兄交我一份名為《掇珍集》之書稿，謂趙普君望我為他新著作序。一看之下，書稿是以文言文寫成，不無訝異。展讀既竟，始知趙普好古敏求，一直遊走於現代與傳統的時空之間。

　　《掇珍集》的「導言」倒是白話文書寫的，「導言」有一標題，赫然是「反動文人」四字，更引起我的好奇，看完導言，才知是一篇「文言辯」。原來趙普的好友于守山先生讀了他的《捕齋名記》，直言今日今時用文言文寫作是「逆潮流而動，簡稱『反動』」。趙普不以好友之語為忤，但心有不甘，依然故我，堅持文言書寫。特別是他的文言小品受到馮驥才先生之獎美，底氣大增，遂一

篇又一篇地寫，寫了十篇而結集為書。趙君之鐵心用文言書寫，他自辯之理由很多，試述其二，一曰：「通過這種傳統文字表達來獲得熱力與能量，獲得某種基因層面的滿足。」二曰：「古漢語之含蓄蘊藉，簡省洗練，章法修辭，總是令人神往。」

文白之爭，五四新文化運動當年之筆仗，可謂轟轟烈烈。誠然，以今日來看，白話文已經贏得決定性的勝利，但也必須指出，文言文絕不曾被判死刑。它不像拉丁文，文言文仍然是活的文字。固然，科學性的論述，或以彰顯客觀性的說理文論，文言已難有用武之地，惟在表達藝術性的想像，或主觀情思時，文言絕對可保有一席之地。若是為了趙普斷斷以辯的「言志傳情」，則舊體詩與古文更是用之者不絕而輒有風動人心的文學效應。孫中山臨終遺言由汪精衛執筆的「國父遺囑」，毛澤東的《沁園春·雪》，皆當世之名篇。趙普君的《掇珍集》十篇，都是他「言志傳情」之作，古趣今情，文采煥然，有魏晉筆墨，實現代之「世說新語」也歟?!

《掇珍集》十篇小品，時有珍瓏美句，篇篇獨立，各有寓意，但其著墨最多者則是讚匠人、匠心，讚工匠之藝術造化。趙普自離開中央電視臺後，始終與匠人、匠作不離不棄，辛勞備嘗，樂此不疲，自比「匠奴」，自築「匠奴營」，孜孜以服務、崇揚匠人為志業。《掇珍集》中，《造物且有靈》、《襄神》、《捕齋名記》、《德

州牛仔》諸篇，一字一句，莫非為匠人作禮讚，全集稱之為「匠人讚」，非不宜也。趙君自言，「予恂匠人，崇手藝，由拜先生著作始」，先生者王世襄其人也，趙君視世襄先生為神，襄神固匠人之大知音也。襄神未竟之業，趙君繼之，《掇珍集》蓋亦步武襄神《自珍集》之作也乎?!

趙君之《掇珍集》，以「好」字開篇，以「了」字結尾，奧義妙旨，盡在「好」「了」二字。趙君明言與《紅樓夢》跛足道人的《好了歌》無關，讀者不妨做個解人，看看有何妙解?! 實則趙君之「好」「了」二篇，是有意識地宣示他的美學觀。《說文解字》詮「好」為「美」，而趙君則唯好是求，其言曰：「惟好當道，方能棄絕蒙昧，擁抱光明。」又曰：「余之所衷，冀願人間大好也。」而人間之大好即人間之大美也。

「了」之一篇，充滿禪趣。趙普素有收藏之癖，惟自遇大收藏家王世襄、傅惟慈後，始知收藏之真美境界，以此悟出「美之在我，過程矣。蓄藏萬千，過客也。」「收藏之道，易在集腋成裘。難在富而後窮，概述曰捨」。又曰：「了者，捨得也。」趙君以「好」「了」二篇為《掇珍集》之首尾，首尾相顧，「好」與「了」便是「好了」，「好了」即是「美」了。此趙普企慕之人生美學也！是耶非耶，惟趙普知之。

林鳴崗的柏樹情懷

　　一年前在一個香港的畫展中，我第一次看到林鳴崗的古柏系列。真有驚艷之感。他這次展出的畫作與之前幾年歷次展出的油畫畫作，在視覺感受上是完全不同的，給我的是一全新的面貌。一照面，但覺一株株古柏，嶽峙亭立，龍盤虎踞，氣象闊大，有千古之思。古柏千仞不拔的蒼黃樹幹上，綻開出層層片片的青綠，又蒼涼枯老，又春意盎然。洋溢的是中國美學的特有情致。最近，我有幸又看到了鳴崗的《翠柏鴻鵠》與《鹿鳴碧柏》二幅巨畫。在中國北方的黃土大地上，挺立着一群組古柏，株株姿態傲然獨立，卻又相互親切呼應，筆法恣意縱橫，佈局奇詭，光影明暗相間，《翠柏鴻鵠》中更配上一群渺渺遠去的鴻鵠；《鹿鳴碧柏》中則配上數隻麋鹿嬉戲覓食散落於古柏根盤之間。畫象之美，畫意之善，我歎觀止矣！

　　坦白說，我從未見過畫柏能畫出林鳴崗這般有意味的，他畫出了柏樹的生命力，畫出了柏樹的精氣神，畫出了古柏與天地同在的悠久感。鳴崗是一位卓有成就的油畫家，但柏樹的畫法卻是中國水墨畫的寫實與寫意。在我

看，鳴崗的二〇一七年以後所作的古柏系列，不止是他畫風之一變，實際上是他從油畫向水墨畫的轉軌，這不啻是鳴崗繪畫語言的轉換，是他繪畫行為上的一個「範式轉換」。在某個意義上，這是鳴崗向東方美學的轉軌，當然，鳴崗不會，(我也希望他不會)偏離西方美學殿堂，他命定地將遊走在東西兩個繪畫世界。

在繪畫上，林鳴崗是一個世界人，他的藝術視野與興趣是無分東西的，他繪畫題材的山水人文，有的是西方的，有的是中國的。他把他的油畫世界集中地分為「法國風情」、「中國風韻」與「香港濃情」三大範疇，這反映了畫家生命之旅中的美學活動與存在。在鳴崗旅法期間和回到東方(中國大陸與香港)期間，他先後發表了為數可觀的油畫創作：《巴黎聖母院》(1991)、《秋天郊外》(1991)、《沙灘女郎》(1992)、《巴黎深秋》(2003)、《阿姆斯特丹雨後》(2005)、《太行山之晨》(2007)、《長白山秋色》(2012)、《天池雲湧》(2012)、《敦煌秋景》(2012)、《黃帝陵千年古柏》(2014)、《東海碧波》(2015)、《許願樹》(2006)、《秋水池塘——香港郊外》(2010)、《夢境南生圍》(2007)、《晨霧香港》(2014)、《大風起——香港地質公園》(2003)、《東方第一曙光——新西蘭》(2013)，這些油畫都是鳴崗成熟的畫作，都是印象派的傑作，所展現的是油畫美學的極致。林鳴崗在油畫世界已穩穩地佔有一席地位。

今日鳴崗的古柏系列水墨畫作，如與他的油畫畫作比較來觀賞，我們的審美享受是難分軒輊的，但我們在視覺與心覺上有很不一樣的觸動。古柏系列深刻地顯示了中國水墨畫的獨特性。從工具、技巧、顏料、筆墨，到圖意、圖象的創造，都是中國水墨美學特有的元素。鳴崗對中西美學文化部有深厚修養，所以他才能從油畫向水墨畫有一成功的「範式轉換」。其實，鳴崗所做的不止是中、西繪畫的「範式轉換」，更是在中國水墨傳統中突顯獨特的林氏水墨，也即他畫柏突顯了林氏的水墨風格。鳴崗自西向中轉軌，更同時在中國水墨傳統中求變立新。無疑地，林氏水墨畫中含有西方油畫美學的深層元素。

　　鳴崗對大自然有粹然無塵的感情，他畫陽光、雲影、海濤、風雨、山山水水，無不款款有情。而對樹則更有一股深情，他說：「大地要是沒有綠樹，不就是死亡的開始嗎？它們是神靈呀！」多年來，鳴崗有許多以「樹」為主題的油畫創作，除上面提及的《巴黎深秋》、《長白山秋色》等之外，更有《水塘樹影》(2009)、《秋天水塘》(2010)、《風與樹》(2014)、《雨後落葉》(2014)、《白樺樹》(2008)、《樹與小河》(2008)、《樹與側影》(2008)等，更畫出了「樹」的萬千姿態，有的光影襯顯得「樹」的神采之妙，真可以比肩莫內。他近年開始用中國水墨畫古柏系列時，柏樹真正變成了他的「神靈」。為了表達他心目中的「神靈」，他是經過了艱苦的磨煉的，他

是傾注了全部心力的。鳴崗自述：「二〇一八年一月底，為了幾株柏樹的表現手法，我竟然廢寢忘食，日夜煎熬，一天半夜突然腰疼發作，血壓升高，在床上打滾，匆匆忙忙被送入醫院，足足躺了四天。」這就無怪乎鳴崗的古柏系列畫出了柏樹的神姿、靈韻，有元氣淋漓、天長地久之大美。林氏水墨之柏，焉得不傳世乎？

　　林鳴崗的油畫我是極之欣賞的，我曾說：「林鳴崗先生的油畫，無論在技巧、造型和意境上都是一流的。他的油畫成就已達到了自徐悲鴻以來中國百年油畫有標桿性畫家所取得的高度，他的素描作品也達到了大師的水平上。」今日鳴崗的古柏系列，則是他從油畫到水墨畫的華麗轉身後的中國水墨美學的展現。這讓我不由得不把他與徐悲鴻聯想一起。徐悲鴻、林鳴崗都是旅法多年，在油畫上大有成就者。徐悲鴻回到東方後，終以水墨畫「馬」名世，仰嘯雲天，獨步古今。今鳴崗自法歸國後十年，則以水墨畫「柏」鳴於當代，氣吞斗牛，長貫日月。

二〇一九年

我的書法緣

一

父親是我書法的啟蒙老師。記憶中，從小學開始，父親就教我寫字。但小學正處於對日抗戰期間，父子聚少離多，父親真正耳提面命、督導我寫字是一九四九年我十四歲到臺灣以後，從成功中學到臺灣大學，十年中，未嘗間斷。父親知我好學，很少要我勤讀書，但常說讀書重要，寫字也不可一曝十寒。他認真地說：「字如人之面目，必須用心去寫。」父親的書法在友人圈中享有聲名。他勤練顏魯公書法，蓋愛魯公書，亦敬魯公其人。他最喜寫《爭座位帖》。父親也要我練顏體，但他更鼓勵我臨王羲之書帖，我臨摹最多的是右軍的《蘭亭序》，特別是右軍的《聖教序》。父親對我的書寫，時有稱許，但多次略帶批評的說我的字太多「己意」。記得在臺灣大學讀書時，陽明山管理局友人請父親為陽明山一山坡題「好漢坡」三字。父親要我試寫，我寫就後，父親淡淡笑曰「可以用」。所以陽明山山坡上有我學生時代的書法。誠然，不是父親，絕不會有今日我的書法展，父親是「我的書法緣」的第一緣也。

二

　　我一生寫了七十多年的字，像所有現代的中國知識人一樣，用鋼筆、圓珠筆寫字遠多於毛筆。毛筆的實用性日減，也因此毛筆寫字便更是純審美的藝術行為了。在我八十餘年的生命歷程中，從一九六七年第二次去美國留學起，到一九七〇年來香港中文大學新亞書院執教，直至二〇〇四年自大學退休之日止，在此前後三十七年中，基本上我已沒有用毛筆了。誠然，在我一輩子裏，我的中英文論述，文化政治評論以及三本散文集，皆由鋼筆或圓珠筆書寫，而一九六七至二〇〇四這些年中，毛筆已不再置於案頭了。回想起來，在一些特別的情形下，我也曾數次拿起毛筆來。一九七五年，我在英國劍橋大學訪研期間，業師王雲五先生來信，要我為臺灣出版界為慶他九十歲鑄造的半身銅像背面以二百字書寫他九十年的人生壯遊。一代奇人的雲五師收到我的書寫後，對我的短文與書法都十分喜歡，備極嘉許。這可能是我寫字以來感到十分滿足的一次。九十年代，我為中文大學的迎賓館題「見龍閣」（此為中大同事香港名士何文匯兄取名）三字，此雖非我得意之筆，見者頗多譽美。深圳著名報人、文藝評論家侯軍先生見後更著文謙稱自此開始了他對我的「求書之旅」，我們亦因此成為二十年的知交了。對了，在我停(毛)筆的歲月中，不少個颱風之夜，有驚而無險，我因額外而得的假期，也會興起提筆，分贈親友，自娛娛人。

三

　　我發覺在我停(毛)筆年月中「偶爾」書寫，常有不虞之譽，而我自己覺得這些書法也不全無可看可觀之處。我自忖我的書法所以並無退步，且或有進境，實緣於我常年讀帖不斷之故在我中大三十四年間，讀帖是我「業餘」最大的樂趣之一。父親在我初到中大新亞時，曾從臺灣來港探望(這是父親第一次來香港也是唯一的一次)，他特地帶來日本東京都山田大成堂製作的《淳化閣帖》贈我，並囑我「多讀帖」。現代中國的知識人是幸運的，古人難能一見的美書，今天都已進入尋常人家，我幾乎可以賞讀到歷代著名書家的精妙書法(有時在博物館還可見到真跡，當然博物館也是中國現代才有的)。我心儀的書法家，自二王(羲之與獻之)以下，有顏真卿、蘇軾、黃庭堅、米芾、宋徽宗、趙孟頫，文徵明、董其昌、徐渭、張瑞圖、王鐸，以及清代的何紹基、鄭板橋(二十世紀以來有不少一流的書法家亦為我所喜愛)。面對這些書家的法帖，誠如蕭梁庾肩吾《書品》所云「開篇玩古，則千載共朝；削簡傳令，則萬里對面」，有見書如晤面之樂，而對我最喜愛的法帖，我是一讀再讀，百讀不倦，每讀之，默識暗味，心臨手摩，而心嚮往之。我的漢字書寫可說是師法多家，而不知歸宗何家，誠如米芾所云：「不知以何為祖也」(《海岳名言》)。其實，我的書法中有一款「形式」，實

不關帖學，而是受到敦煌榆林窟「文殊變」與「普賢變」二圖的筆法啟示所得，圖中諸天菩薩，雲步相連，滿天飛動，盡顯出神入化的線描藝術之美。我這一款形式的書法，就是以「畫筆」默用圖中纖細的「鐵線描」和輾轉自如的「蘭葉描」來書寫的。書畫同源，信然。

四

　　二〇〇四年自中大退休，我第一時間拿起了毛筆，並立意定時書寫，有時一寫就是六、七小時，欲罷不能，「領袖如皂，唇齒常黑」，居然樂此不疲，寫字成為我退休生活的中心，對於漢末崇尚「翰墨之道」的純藝術美學之追求，亦有所體悟矣。

　　中國書法是漢字的書寫美學，是以「線條」為藝術美學的表現形式，在世界藝術中獨一無二(日本因有漢字，故亦有書道)。文史兼美的國學大家錢穆說：「中國藝術中最獨特而重要的，厥為書法」(《中國文化史導論》)。錢先生書法剛健婀娜，自成一格，他在八十六歲目疾之前給我的第一封毛筆信，絕然是一件藝術珍品。錢先生一生著述都是為守護中國傳統文化。他之重視書法，是自然之事。二十世紀初葉，五四新文化運動中，中國傳統文化受到嚴厲挑戰，新文化運動對中國文化之批判的核心講到底是「去儒學中心化」，相對言之，中國傳統的審美文化並未根本撼動。當然，新思潮與白話文運動對以古文為載體

的古典文學是有衝擊的，連中國藝術的繪畫也曾受到質疑與冷待。説起來，在新文化運動的大潮中，中國藝術的書法可能是最能保有原神原貌之中國藝術特性的。不過，不能忘記中國書法作為一種獨特的藝術形式也曾遭遇過有滅頂之災的危機。上世紀二十年代，文化名人錢玄同、瞿秋白等先後提出「廢除漢字」的方案。前者主張採用新拼音文字，後者主張拉丁化新文字。今日我們或認為錢、瞿的主張匪夷所思，在當時則朝野學者和應二人之議者儼然是一個新風氣。一點不誇大，如果漢字拼音化(拉丁化)成為事實，則漢字滅頂，而書寫漢字的書法也就難以存在了！真的，有漢字，才有書法，漢字常存，中國獨特的藝術就會常存。

五

　　漢字書寫有五種書體，即篆(大、小篆及甲骨文)、隸、草、楷和行書。五種書體各有風貌，書之佳者亦各能顯各種書體之美。我個人最喜行書(包括行楷與行草)。自少即喜臨王羲之行書。右軍開帖學之始，而二王(羲之與獻之)為主的「飄逸飛揚，逸倫超群」的魏晉書風，實為漢字奠定了獨特的書法美學傳統(李澤厚在《美的歷程》中對此有精約的論述)，我深以為行書最能顯發毛筆所施的「線條」之形式美與視覺美。

　　中國歷來有書畫同源之説，實因中國漢字有象形與會

意。故論畫品畫常可用於論書品書。南宋謝赫《畫品》提「六法」為品評畫家之準則，第一法曰「氣韻生動」，亦是六法之總綱。唐張彥遠《歷代名畫論》第一卷《論畫六法》再次強調謝赫「氣韻」之說，曰：「若氣韻不周，實陳形似，筆力未遒，空善賦彩，謂非妙也。」氣韻之說，長北教授贈我的新著《中國藝術史綱》《中國藝術論著導讀》，論之切要精當。我深感歷代書法，不論唐之尚法，或宋之尚意。書之佳妙者不能不符「氣韻生動」之美學原則，晉王右軍的《蘭亭序》、唐顏魯公的《祭侄文稿》及宋蘇軾的《寒食詩帖》之所以為天下三大行書，實皆在「氣韻」上盡顯其風華也。至於清乾隆視為稀世之寶的《三希堂帖》：王羲之的《快雪時晴帖》、王獻之的《中秋帖》(有謂此是米芾臨本)及王珣的《伯遠帖》，亦無一不有「氣韻生動」之美學感受。我總覺得書法有五體，各體之書法應有不同的審美原則。篆、隸與楷三體實難盡用「氣韻生動」為審美判準也。但不論哪種書體之書寫都必須具有「書法美」。書法美必須考究書之結體，骨氣，陣勢，筆意與墨趣。書不美便不足以言善書。書者可以求奇、求怪、求拙，但必須有奇之美、怪之美、拙之美，若不美，則只是奇、只是怪、只是拙，更不能入書法美學之流也。至於世間竟有求醜嘩眾者，則余欲無言矣。

我的「書法美」觀點，可能最與我同調的是名書畫家林鳴崗先生。林鳴崗最不能容忍的是中外一些有名無名以

畫「醜」出格駭世之流，他屢屢著文鞭撻，實只為守住藝術求「美」的底線。鳴崗留法二十多年，他的油畫技藝完全已達到徐悲鴻以來中國不數位油畫大師的高度，他的畫深得莫奈之彩(光)韻，稱之東方之莫奈，非過譽也。最令我歡喜的是，我們不止在藝術立場上有共同語言，我發覺原來他知書好書，一手書法也大有可觀。

六

自退休後再次拿起毛筆書寫，不覺十年有餘矣。自在自適，樂在其中。近年時與困學有成的書畫家陳興切磋琢磨，相互攻錯，實浮生樂事。陳興是深受文革苦難的一代，卻不肯自棄，剛健自強，不但精於中西畫藝，於古典詩文亦多有心得，更令我驚訝的是他的書法功夫。他少壯時用雙鈎摹寫的馮承素《蘭亭序》，直如羲之真書重現，妙不可言。陳興十分認同我的書法，曾主動把我書法送到紀念「嶺南才女」「冼玉清先生誕辰一百十五週年書畫作品展」、「兩岸四地書畫聯展」及「中國書畫名家藝術展」。

不知不覺，我的書法走出了我的書齋，二〇〇九年新亞書院慶祝成立六十週年，我應主持編寫兩巨冊紀念集的張洪年教授之邀，分別題寫了「奮進一甲子」「多情六十年」兩幅字。當這兩幅字放大後展現在新亞盛大晚會禮臺二楹時，有意想不到的搶眼。因書法沒有署名，新亞校

友、明報社長張健波先生幾經打聽書者誰人後，特過來向我表示他的驚喜，我欣知健波兄好書懂書。當然，我記得中大伍宜孫書院成立時，我應院長李沛良教授之請，題寫了「伍宜孫書院」五個大字，和一幅寫范仲淹《岳陽樓記》的長卷。沛良兄是我初次抵港在機場接迎的香港學者，友情已近半個世紀了。他不寫字，但一早就喜歡我的書法，至今他還收藏有我在颶風之夜寫的字。追想起來，也許我贈送書法最多的是我與郭俊沂以及蔣震先生幾位朋友主辦「鑪峯雅聚」的那段日子。「鑪峯雅聚」每次出席來賓從數十人到過百人，皆兩岸四地的社會賢達和俊秀，濟濟多士，歡聚一堂，談笑無禁，頗盡視聽之娛，李焯芬教授曾撰文盛稱，「鑪峯雅聚」為香江的文化饗宴。俊沂兄人緣好，人面廣，「雅聚」前前後後，都由他一人操持，我則除必作「主人講話」外，依俊沂之意，對「雅聚」主談嘉賓及宴會捐資的「真主人」，由我各送書法一幅，以為答謝，亦因此我與不少香江名士與巾幗結下了書緣。而今俊沂兄已魂歸仙府，「鑪峯雅聚」也已成了絕響，思之憮然。

有幾則書緣，亦應有記。數年前，香港中文大學在校長沈祖堯寓所舉辦了一個小型的書法拍賣會，為中大博物館籌款。我應約寫了一幅辛棄疾的《青玉案》，是日我未能與會，後來得知拍得我字的竟是中大前校長，我的繼任者劉遵義教授。遵義兄是著名經濟學家，外祖父是

三百年草書第一人于右任。我曾因遵義兄與于右老這份關係，把我多年珍藏的于翁贈我夫婦的一幅寫蘇軾《記承天寺夜遊》的精品送贈上海復旦大學的「于右任書法館」展藏。于翁此幅草楷，真是無一字不佳，無一行不妙，整篇雍穆婉約，我每觀讀，心馳神往，黃庭堅之後未見有如此草書。說真的，我因太愛才忍痛把它從家中送去「書法館」，蓋獨樂樂不如眾樂樂也。遵義兄府上已有我多幅書法，這次又拍得我字，是對我的書法青眼有加？還是謝答我的捐書高誼？一笑。

自晉以來，我心儀而又喜愛的書法家實不數數人。山谷道人黃庭堅是其一。黃山谷草書妙絕古今，而我最鍾意的是他的行草。他的《寒食帖跋》實不遜乃師蘇東坡的《寒食帖》。帖跋相映，千古絕配。香江書法家黃兆顯先生，精研古典，書擅多體，而我最欣賞的也是他的行草，肆恣縱橫，最得山谷書法之神致與筆趣。兆顯兄所贈他的《書法集》是我常年觀賞的近人書帖之一。兆顯夫人嫣梨女史，專治中國婦女文史，著述富贍，我曾為其《朱淑真研究》一書作序，盛感女史文筆清麗，史見不同凡俗，實幽棲居士千載後之知音。女史得我序後曾請我書「文章千古事，得失寸心知」杜甫古句以自勉自許。實則，一生書寫，此十個字，常在我心。二十多年來，我與兆顯嫣梨實多談書（書法）論書（詞文）之樂與緣也。

二〇一四年三月，我應當代詩翁余光中先生之邀，到

臺灣高雄西子灣中山大學為新設立的「余光中人文講座」主講《中國現代化與文明轉型》。這是我第二次來中山大學演講。第一次是八十年代，邀請我的也是余光中大兄，那時他剛剛從香港中大到高雄中大出任人文學院創院院長。此次再見到西子灣，美麗如昔，卻更多了一片濃濃詩意。風景勝處，都可看到有余光中親書的新詩。三月的西子灣春光明媚，舊雨新知的熱情，我的感受豈止是賓至如歸！更令我難忘的是在演講之外，中山大學還為我設了一個節目，要我當場展演書法，校長楊宏敦博士、文學院院長黃心雅教授一早到場。我已記不得用大筆小筆寫了幾幅字。只記得最後寫了「門泊東吳萬里船」的大橫幅，是光中大兄囑書的杜甫詩句。他在我書法之後題簽：「老杜句似題中山大學門坊也。金耀基書法余光中續貂」。光中大兄平素不用毛筆，他的許多膾炙人口傳誦的新詩都是用鋼筆書寫的，端正流麗，是「硬體書」之上品。這一次他與我同在一幅字上用毛筆合書，自是一大書法緣也。

二〇一六年一月是香港《明報月刊》五十週年。「明月」編輯邀我寫一題辭。我與「明月」的文字交始於胡菊人先生任主編時，四十年來，為「明月」寫過不少篇文化、政治的評論。我的「海德堡」與「敦煌」二本「語絲」散文也是分別於董橋和潘耀明二兄主事期間在「明月」一篇篇發表的。今逢「明月」五十之壽，豈能無詞，遂寫了一幅「獨立之精神，自由之思想」的書法以為賀

勉，蓋我深以為「明月」半世紀來所以能享譽海內外，實因「明月」主事人時以陳寅恪之語自勉自勵故也。誠然，我沒想到耀明兄把這幅字做了「明月」五十年一月特大號的封面，這是高看我的書法了，而我的字也有緣隨着「明月」進入「明月」讀者的千戶萬家。

七

近年以來，見我書者日多，求我書者亦日多。三年前我與浙江慈溪謙稱「九十歲老兵」的陳劍光老先生結了書緣。劍光老兄是「九十後」的篆刻高手。他先後贈我多枚精心雕刻的篆體印章，我則送他自感快意的多幅書法，他為我製刻的「從傳統到現代」(我五十年前問世的第一本書名) 和「一蓑煙雨任平生」(蘇軾句) 的石章是我最愛在我書法上用印的。因劍光老人不時為人展示我的書法，他的方外朋友慈溪的賢宗法師見之生喜，因而贈我一幅筆酣墨飽的「家和福順」擘窠大字，並託劍光老兄請我寫「心經」展放在千年古剎的「藏經閣」。書法能入「藏經閣」當是字之福緣。我以行楷恭寫的「心經」或可見我早年臨寫右軍《聖教序》的影子。

八十歲之年，我寫了一幅李白的「贈孟夫子」寄給萬里外的余英時先生。蓋欲借李白詩以表對「余夫子」之遠念也。我與余先生的結識始於上世紀七十年代，他應新亞書院之聘來港擔任他母校校長。我亦不久前自美到新亞任

教，不二年，余先生依約重返哈佛。此後數十年，雖重洋遙隔，情誼無減。每兩年一次的中央研究院院士會議，我們總能在臺灣晤聚。最近一次見到英時大兄與淑平大嫂則是四年前他到臺灣榮授首屆漢學唐獎時。我們的專業不同，但盡多共同之語言，每次晤聚，必有快意之長談。即使分處香港、美國二地，電話、書函亦如「萬里對面」。二〇〇七年，他在香港牛津大學出版社出版《中國文化史通釋》要我為之題簽。為余先生大著題簽，此固字之幸事，亦我與英時大兄之友緣書緣也。當他收到我八十歲所書長卷，他在越洋電話中說：「君書有一家面目」，並說「我雖不善書，但我是懂書的」。余先生的書法圓勁秀挺，有「讀書萬卷始通神」的筆墨。他的自謙自信，一如東坡居士所云「吾雖不善書，曉書莫如我」。

　　我一生的學術志業在研究中國現代化與現代性，先後出版不下百萬言，今年香港中華書局為我出版「八十書法集」，而牛津大學出版社亦為我出版《再思大學之道》。此書是我對中國現代化、現代性學術論述的最後篇章。書（論著）與書（書法集）同時問世，欣慰之情，莫以加焉。但平生書寫，最稱心如意者是我教學休假期間撰寫的《劍橋語絲》《海德堡語絲》及退休後的《敦煌語絲》三本散文集。香港散文家董橋兄是我散文的知音，他偏愛我的散文，稱之曰「金體文」。今我的書法得英時大兄「有一家面目」之謬讚，或也可稱之曰「金體書」了。

八

　　今我是八十後之年，對自己的書法，雖不敢言「人書俱老」（唐孫過庭所云「人書俱老」絕非指老年人之書法，而是指人到老年，而書法亦已達到「通會」「兼通」之境界而言），然面對古人風華萬千的精妙書法，不禁會想到辛稼軒《賀新郎》之美句：「我見青山多嫵媚，料青山見我應如是。」知我書者，當或有會心也乎哉？

　　　　　　　　　　　　　　　二〇一七年三月

文心墨韻

　　這是我八十歲之後的第三個書法個展。書展由香港到上海到北京。心中自然甚有快意，更覺今人較之古人是何等幸運！古代大書家，自王羲之，顏魯公，蘇軾，趙孟頫，鄭板橋以來，千餘年中，何曾有人有過個人書法展之美事？未之有也。百年來，中國古典文明向現代文明轉變，文化生態丕然有變，書法展乃新文化之新事物也。

　　我之一生是書寫人生，書寫七十年有餘，惟所有書稿，不計英文，不論學術或散文之書稿，皆用鋼筆、圓珠筆以漢字寫成。至於毛筆書寫則自幼少年到大學畢業，受家父啟蒙督導，十多年中，幾無一日間斷，算是打下了書法的「少年功」了。但自留學美國到香港中文大學執教，前後近四十年，基本上，只讀帖，指摹默識古人書法之妙意，未再用毛筆舞文弄墨了。及至二○○四年，自香港中文大學退休後第一日，即重新提起毛筆，再續「翰墨之道」的探索。從古稀之年(我六十九歲退休)到今日八十三之齡，又十四年矣。十四年間，毛筆書寫成為我生活的中心。有時日寫六、七小時，「領袖如皂，唇齒常黑」，居

然樂此不疲。八十之年，我自覺真正從寫字進於書法，從觀摩名帖到轉益多師，從有法到無法，竟然自成一格，有了自家面目。書法友好，雅名之曰「金體書」，誠有莞然自得之感。

二〇一六年，我八十歲時，香港集古齋的趙東曉博士慫恿我舉辦一個書法展，將我書法公之於世之書法同好。我感其盛情，並然其意，於是才有二〇一七年三月香港的「金耀基八十書法展」，同年十月東曉又與文藝界名士祝君波先生合作，在上海舉辦了「金耀基八十書法作品展」。香港與上海是中國濱海兩大國際商業都會，前者是我工作與退休之地，後者是我少年讀書之故土。一年之內有我滬港兩大商都之書展，並得與二地舊識新知切磋書藝，實屬平生之快事。

我在八十後之齡，深味書之道大而且深，對書法美學之追求更感道遠路長，而心嚮往之。今日今時，雖老之已至，然不敢自詡「人書俱老」。最感欣慰者，每次書寫，書藝自覺仍然日有進境。而知我愛我書（法）者亦日多，此所以東曉不辭辛勞，再以我一年內之新作，籌辦北京之書法展了。

北京是中國的文化古都，也是中國新文化首發之地。一九八五年五月，香港中文大學應北京大學、清華大學的邀請，我參加了以馬臨校長為首的七人代表團，到北京作七日的訪問。在中國改革開放的歷史新運會中，看到北京

已經從文革浩劫的荒涼中重綻新機與光華。自一九九五年到二〇〇七年十二年間，我更有幸應北大之邀，先後作「潘光旦先生講座」（1995年）、「蔡元培先生講座」（2005年）及「費孝通先生講座」（2007年）。每次到北京，都看到北京變化之大，真已換了新天。但在我心中，北京永遠是一個傳統與現代交融結合，人文薈萃的文化大都。此次到北京，應邀到人民大學作「大學與中國現代文明之建構」的演講，甚感榮幸。我特別要提起，我的第一本學術著作《從傳統到現代》（1966年）最早在國內正式以簡體字出版的就是人民大學出版社。我與人大早有知己之感，而有百年歷史的北京榮寶齋與香港集古齋（也有六十年歷史）合作，為我舉辦「金耀基書法及文獻收藏展」，我是十分高興的。我特別要感謝榮寶齋的當家人朱濤先生為今次書法展用心用力，作了極有專業格調的加持。

　　此次北京的書法展將分為三個欄目展出，即「文心墨韻」、「學術語絲」與「人間有知音」。「文心墨韻」一欄展出的是我最近一年中書寫的中國古典詩詞與美文。錢穆先生說「中國藝術中最獨特而重要的，厥為書法」。我更以為最能表達中國藝術的審美境界的是書法與中國文學中千古傳誦的詩、詞與美文的結配。二者的結配增加了審美的視覺與「心覺」的高度與濃度。「學術語絲」專欄展出的是我五十年來學術與四十年來的散文著作的選篇。學術著作所選四篇是《從傳統到現代》《中國文明的現代轉

型》《大學之理念》及《再思大學之道》。散文著作所選
三篇是《劍橋語絲》《海德堡語絲》及《敦煌語絲》。
「人間有知音」專欄展出的是我《人間有知音：金耀基師
友書信集》中選出的十六位已故師友的書信原件，以及我
對這十六位師友其人其書(信)的回憶書寫。王雲五，梁漱
溟，錢穆，朱光潛，費孝通，臺靜農，饒宗頤，李國鼎，
殷海光、余光中等十六位師友皆已駕鶴仙去，但他們都是
傳世之人，而其書信亦必是傳世的文獻。因了籌劃者的巧
思，使我的北京書法展有了一個「不太一樣」的呈現，它
更能如實地反映我的全幅的書寫人生。這令我格外歡喜。
當然，我希望書法愛好者也能分享我的自娛自得之樂，更
期盼書法先進同道之不吝指教，不勝企待之至。

二〇一八年十一月

人間有知音

《金耀基師友書信集》

一

八百年前，宋金時代，有「北方文雄」之稱的文學家元好問（號遺山），於詩、詞、文、曲諸體皆工，元好問著作甚富，〈雁邱詞〉是其名作之一，他作〈雁邱詞〉有一前語：

> 太和五年乙丑歲，赴試幷州，適逢捕雁者云：「今旦獲一雁，殺之矣。其脫網者悲鳴不能去，竟自投於地而死。」予因買得之，葬之汾水之上，累石為識，號曰雁邱。時同行者多為賦詩，予亦有〈雁邱詞〉。

〈雁邱詞〉闕首便是一問：

> 問世間情是何物，直教生死相許。

元好問，姓元，名好問，〈雁邱詞〉開首這一問，問得好，是一「大哉問」。人世間的情到底是甚麼呢？竟然

會因情而可以生死相許？這是以死殉情呀！誠然，中國的梁山伯、祝英台；西方的羅密歐、茱麗葉是為愛情而生死相許的最美詮釋。

元好問此一問，不是科學之問，是文學之問。如果是科學之問，情(不論是濃情、激情，還是癡情)大概是荷爾蒙的一種化學作用，聽來是很不浪漫的。元好問此一「大哉問」是文學之問，才引出千年的文學猜想與想像。

二

情是人世間不可沒有的東西；情是人世間的「存在狀態」，可以說，情是人間的定義。如人間沒有了情，或情被徹底稀薄了，甚至被減滅了，那麼，人間就必會變得一片荒蕪，人間也已不再是人間了。

三

情有多種，人間是由多種多樣的情所撐起來的。愛情之外，有親情，有友情，有師生情，家國情，異國情，乃至人與動物之情，人與山川天地之情。

人間還有一種情，即知音(知己)之情。知音(知己)可以存在於親人之間、朋友之間或師生之間(在古代更可以存在於君臣之間)。知音之情是一種欣賞、慕悅、關懷和分享的意欲，知音之情是最具雙向性和互通性的。中國歷史上有傳為美談的知音、知己的故事。

春秋時，楚國人鍾子期是一個很有音樂水平的樵夫。一日在漢江邊聽到晉國人伯牙在彈琴。鍾子期聽了琴音後，贊曰：「巍巍乎若高山，蕩蕩乎若流水。」伯牙對鍾子期高山流水的評語，引為知音，二人遂結為金蘭，相約翌年中秋節再見。屆時，伯牙抱琴赴約，但此時鍾子期已亡故，琴師伯牙知子期不復再有，認為人間再無知音，一生遂不再鼓琴。這是「知音」的故事。

　　戰國時，聶政、荊軻、豫讓皆是「士為知己者死」的義士，他們對知己生死以之的故事，留傳百世，但讀書人之間的「知己」故事，最早發生在漢代！兩漢之際，揚雄（子雲）是一位天才文學家（賦）、哲學家，著有《法言》、《太玄》等著作，但卻不為時人所賞識，只有東漢的音樂家、哲學家桓譚大大推崇揚雄的著作，說「必傳」，必有身後名。故桓譚被視為揚雄的解人、知己。桓譚也成為了「知己」的代名詞（余英時語）。這是「知己」的故事。

四

　　自古以來，有知己知音之難有、難遇之嘆。南北朝（六世紀）時，劉勰的《文心雕龍》是被公認的中國文論的範典之作，《文心雕龍》的〈知音〉篇有云：

　　知音其難哉！音實難知，知實難逢，逢其知音，千載其一乎？

劉勰是說解人難得，千載或僅有一遇，這或有文學式的誇大之嫌。但在古代，特別是在宋代印刷術普遍採用前，作者的著作僅靠口傳或手抄本流傳，讀者畢竟不多，能成為知音知己者實少之又少。時至二十一世紀，在一波一波的資訊革命後，人與人的溝通條件與古代已有天壤之別。今日的音樂家，像李雲迪、郎朗，他們絕不似當年伯牙在漢江之畔鼓琴，只鍾子期一個聽眾，他們一次音樂會，聽眾當以千數計；有的著名流行歌曲演唱人，在場粉絲動輒以萬計，且不論電視、手機的粉絲了。是的，粉絲非必是知音，但數以千萬計的粉絲中豈會沒有知音在？今日書寫的作者，也與揚雄的命運大不相同，個人的著作通過出版社、書局、圖書館、Google，或像香港書展，所遇到的知己又豈會只有一個桓譚而已。今天的書寫者，遭際或有幸與不幸，但人之所患，實不是「患人之不己知」了。

五

我新出版的師友書信集，用了「人間有知音」為書名。其實，在我動念編印我的師友書信集時，我並沒有想過要用一個書名的。當我一一展讀了近百封的師友書信之後，才想到「人間有知音」這五個字的。

我的師友，包括讀書求學時的師友，因工作(臺灣、香港)而結緣的師友，以及因我的書寫(學術、時〔政〕論、散文及書法四類)而結緣的師友。我要說的是，此

書中所列的師友僅是曾有給我書信的師友。我深深感覺書信已非今日傳意達情的主要載體了，用電話、手機、WhatsApp、微信、傳真、電郵者愈來愈多，許多幾十年的同事友好，竟然不曾有過一信致我。書信，特別是毛筆的手札，恐將成為絕響了。此我所以對這本書信集甚感珍貴。

六

古人曰：「見書如面」，書信是一種最有手與心的溫度的書寫，看到手札，便有如見到書信人的本真。書札含有的情意元素，決非其他書寫或媒介可以比稱。尺素之所以可寶，正因為此。書信的魅力因書之人而有異，有可傳世之人，其書亦必可以傳世，斯集所收，其人其書可以傳之於世者，多矣。於我個人言，我最珍惜的是我師友中的知己、知音的手札。誠然，我的知己、知音實亦不少是當代學術、文化、藝術、教育、經濟等領域中的人傑名士。讀他們的書函，見信如面，正可一窺書信人的精神面貌。

這篇〈從「問世間情是何物」說到《人間有知音》〉的短文，我願以我的師友書信集中一段話，作為結語：

我是幸運之人，我八十年的人生，做人做事，實不少有相知相重的知己。我五十年的書寫，尤不少有同聲相應，嚶嚶求友的知音。知己知音，不必多情，而情在焉。問情是何物？答曰：「情有多種，情之清而貴者，知己知音心中一點靈犀耳。」我生也有幸，一生正多靈犀一點相

通之師友。陳寅恪先生感今世解人難得，而有「後世相知或有緣」之寄託。我則有幸，今世所交已多「有緣」之人，不少且成為「相悅相重相知」的師友。

何其幸哉！我的一生。

故名「金耀基師友書信集」曰《人間有知音》。

二○一七年七月二十一日在香港書展的演講